OMG !

Oh my God !

Docno

Docno

à ma fervente lectrice Klandestine...

Le désir est signe de guérison ou d'amélioration.

FRIEDRICH NIETZSCHE

L'homme est incapable de choix et il agit toujours cédant à la tentation la plus forte.

ANDRÉ GIDE

INTRODUCTION

Une aventure palpitante à Monaco, La Havane, Miami, Zagreb avec Lorenzo le séducteur irrésistible et agaçant avec des femmes fabuleuses. Une plongée dans l'univers des milliardaires et de la jet-set. Une pincée de sexe, de violence, de suspens... Agitez, servez bien frais.
Une fois commencé, vous ne pourrez pas lâcher ce roman.

Toujours le style vivant et facile à lire... D'ailleurs un Docno ne se lit pas, il se dévore.

PRÉFACE

Si j'ai pû vous faire rire un peu, ou même sourire, dans le monde actuel consternant, soyez sympa vu le prix absolument dérisoire (un des rares biens de consommation qui ne subit pas l'inflation) : votre indulgence est requise pour l'orthographe et certaines tournures volontairement non conventionnelles.

N'hésitez pas à mettre un commentaire gentil, à cliquer sur la cloche bleu et à vous abonner.

Encouragez la création.

TABLE DES MATIÈRES

1

J'errais dans la monotonie de ma vie misérable, quand mon ami Youri me fit mander en son loft monégasque. Vous connaissez probablement Youri Petrov, sinon, moi, je ne vous connais pas. Il est odieusement riche, au point que c'en est démoralisant, il est riche au point de faire crever un type dans mon genre de jalousie. C'est dire. Il est riche… au point qu'un pharaon aurait eu un complexe.

Bref, il est trop riche, d'autant qu'avec la guerre, les riches sont encore plus riches. La guerre c'est bon pour le business, tout le monde le sait. Pas que Youri soit une mauvaise personne. D'ailleurs, en tant que Russe, je le trouve exemplaire : il vend du matos aux deux camps, c'est dire ! Moi je trouve ça très fair-play. Au demeurant, c'est un golfeur et un amateur d'échecs, peut-il être une mauvaise personne ? Je vous le demande…

Cependant, aller en principauté, traverser la Frankaoui avec le prix exorbitant du gazole ? Non, je ne suis pas une crevure fauchée ! Je suis juste comme tout le monde ! Cependant, peut-on refuser une aventure proposée par Youri ? Peut-on ?

Ma vie est définitivement dédiée à la connerie : il n'y en a pas une que je n'ai pas commise. J'ai pris l'encyclopédie de la connerie humaine, j'ai commencé consciencieusement à la lettre A… oui, je sais… désolant. Mais j'ai une excuse ; je suis un type marqué, un damné qui fait du rab de punition divine, aussi je m'acharne en espérant qu'un jour ça puisse réussir. Je ne peux pas m'en empêcher, il faut que je tente l'absurde, l'interdit, c'est plus fort que moi. Et le meilleur moyen de résister à une pulsion, c'est d'y céder (Oscar Wilde).

Bref, j'ai mis mon baise-en-ville dans ma vieille Golf diesel gonflée avec un turbo chinois et j'ai foncé, laissant derrière moi un nuage de fumée noire et des imprécations de femmes hystériques écolos (pléonasme). Les femmes ne me comprennent décidément pas, surtout mon besoin viscéral de liberté !

J'ai roulé comme un taré, l'œil vissé sur mon *WAZE* pour éviter les boites à images. C'est plus qu'épuisant, mais il m'est impossible de rouler aux vitesses autorisées, je m'endors et je suis dangereux.

À Monaco, j'avisai l'immeuble : au trentième étage se trouve le penthouse de Youri. Même sans savoir l'adresse, vous visez l'immeuble le plus haut de la principauté. C'est simple. Je m'engouffrai dans le parking souterrain après avoir montré patteblanche au pingouin qui marqua une ostensible moue de dédain en considérant ma caisse. Oui, elle faisait tache dans ce hall d'exposition de la voiture de luxe…

Je me garai vis-à-vis d'une Lamborghini, tellement large qu'il était impossible d'entrer à bord sans avoir une peinture à refaire. C'est là qu'on voit la bêtise des riches !

Je me hâtai dans l'ascenseur privatif qui m'emporta dans un silence feutré. Cela fleurait bon le fric… Le fric, c'est chic !

Je sortis dans l'antichambre, occupée par deux gorilles en costards noirs, lunettes noires, faisant la gueule, type Matrix. On me palpa l'entrejambe et après une main au cul, j'eus le droit de poursuivre.

Le penthouse de Youri fait 1200 m², ce n'est pas non plus Versailles. Il y a une piscine en terrasse avec vue panoramique sur la baie. La pièce à vivre desservant les escaliers monumentaux et encombrée d'objets d'art contemporain hideux, était vide.
Je gueulai :
— Youri, mon ami Youri !

Il apparut subitement, trottinant, chemise de cachemire flottante, pantalon flanelle gris, Nike aux pieds.
— Lorenzo, mon ami Lorenzo !
— Tu m'as fait mander ? Si on t'a volé un truc, c'est

pas moi, j'étais pas là !

— Non… j'ai besoin de toi, mon ami. Il me faut un homme discret.

— Il faut buter quelqu'un ?

— Mais non voyons… Pour qui me prends-tu ? Il faut piloter mon jet. C'est dans tes cordes.

— J'ai ma licence. Mais ton pilote ?

— Tu sais qu'en ce moment ça craint d'être Russe… Il faut que j'éloigne mon jet… Je t'expliquerai.

— C'est légal ?

— Mais tout à fait. On est amis, tu as confiance en moi ?

— Bah non !

Youri s'amusa.

— Ah, Lorenzo… Lorenzo… Tu m'as manqué.

— Je suis grave dans la dèche, j'ai pensé que…

— Tu ne l'es plus.

— Je t'aime, Youri ! Je vais devenir pédé !

Oui, on rigole bien avec Youri.

— Tu vas ramener le jet à Miami. Tu sais que j'y ai une petite propriété…

— Hein, transatlantique ? Faut deux pilotes ! Au moins huit heures de vol ! J'ai jamais fait.

— Tu piloteras seul jusqu'à London. Là tu prendras un ami pilote qui te secondera.

— C'est qui ?

— Tu connais pas. Un homme de confiance.

— Je le sens pas ce plan…

— Tu emmèneras aussi ce qui m'est le plus précieux au monde…

—Quoi ?
—Amber.
—Quoi ?
—Non, qui…

Je ne l'avais pas vu arriver. Sans le moindre bruit, pieds nu, une femme… Non, une déesse venait de descendre. Une femme parfaite, si parfaite qu'elle me provoqua immédiatement une érection réflexe. Blonde, yeux gris-bleu qui paraissaient vides et inexpressifs, le corps… des mensurations idéales au millimètre près. Vêtue d'un pantalon blanc, d'un top blanc, toute en simplicité, sans le moindre bijou…
Youri s'amusa de mon expression ébahie devant tant de beauté.
—Elle est parfaite, hein ?
—La vache ! La vache !
—Lorenzo !
—La vache ! La vache !
—Lorenzo !
—Hein ?
—Celle-là, il ne faut pas y toucher !
—Hein ?
—Celle-là, c'est à moi ! rugit Youri, passablement agacé par mon incompréhension et mon attention aimantée sur cette créature.
—Mais d'habitude…
—Y a pas de d'habitude ! Je l'aime, tu comprends ?! J'ai des sentiments profonds pour cette femme. Elle va partager ma vie !

— Sans déconner !

Il m'attrapa par le col.
— Pas celle-là, Lorenzo. C'est clair !
— Limpide. Je suis pas un animal, non plus. Je sais me contrôler !
— Je te connais ! Tu as un problème avec les femmes !
— Pfff ! Pour une fois ou deux ou j'ai gratté les restes…
— Pas une fois ou deux ! Bon, tu veilleras sur elle, comme sur la prunelle de tes yeux. Elle doit arriver à Miami sans encombre. Elle me fera un rapport… Je l'ai mise en garde. Si tu t'es mal comporté… N'est-ce pas, poussin ?

Poussin ? Sérieux ?
— Ne ris pas, Lorenzo !
— Pardon. C'est nerveux.
— Pourquoi tu ris, fit la beauté fatale, d'une voix suave.
— Il est jaloux, expliqua Youri, il en crève, mais regarde-le. Tu fais pitié mon pauvre Lorenzo.
— Tu es jaloux ? me demanda Amber, le visage impassible.
— Nan ! Je vais aller me branler un coup et je reviens, sinon je vais faire un nervous breakdown…

Et je laissai en plan le couple de tourtereaux. La niaiserie sentimentale me rend malade, de toute façon, parce que j'ai connu un certain nombre de femme, mais jamais je ne suis tombé dans la niaiserie.

Après un saut rapide aux toilettes, digne du Louis le quatorzième, que c'est un crime de pisser dans une cuvette en or, je revins, l'esprit plus clair. La diva s'était éclipsée.

Inutile de dire que j'ai un problème avec les femmes : je n'ai aucun problème ! Je suis un artiste, j'apprécie la beauté quand j'en croise une. C'est tout.

— Youri, mon ami Youri !

— Lorenzo, mon ami Lorenzo !

— Combien ?

— Tu ne seras pas déçu. Dépose un plan de vol pour Londres. Là-bas, tu poseras un plan de vol pour Miami. Escale la plus courte possible, ne traîne pas. Sur place, tu installes Amber. Sors-la, fais lui découvrir l'endroit, elle n'y est jamais allée. Profite de mon golf privatif, amuse-toi. Ne casse rien. Ne mets pas le feu, n'organise pas une de tes fêtes à la con. Et surtout, ne vole RIEN ! Et rappelle-toi, pas la police chez moi, en aucun cas, jamais !

— C'est quoi ces mises en gardes ? Tu me connais ! Je suis pas...

— Trop ! Tu m'as déjà tout fait.

— Pfff ! Et le copilote anglais, j'en fais quoi ?

— Il restera sur place. Il est Russe et c'est quelqu'un en qui j'ai toute confiance. Mes yeux et mes oreilles.

— Il reste ?

— Je t'expliquerai.

— Je le sens pas ce plan...

— J'ai un nouveau couteau Lamborghini de 1200 CV… Tu pourras faire un saut à Key West…
— J'adore !
— Tu vois… Que du bonheur.
— Elle va pas me gonfler, la diva ?
— T'inquiète. D'ailleurs, elle te trouve cool.
— Sérieux ?
— Mais surtout, tu ne la touches pas ! Le mieux, tu évites de la regarder.
— Ouais ! J'ai pigé ! De toute façon, c'est pas mon genre de femme. C'est un vrai glaçon.

Cette remarque amusa mon ami Youri. Pourquoi ?

Et c'est comme ça, que j'ai posé mon plan de vol à Nice et commandé le plein pour le Falcon 7X de Youri. J'aime voler et dans ce type de zinc, c'est que du bonheur.

On est parti de nuit, pour un décollage à 23h50, de l'aéroport de Nice-côte-d'azur. J'ai dit que je n'aime pas Nice ? C'est vraiment prolo comme coin, un truc à touristes, surfait à souhait, plein de monde, trop de monde. Youri a déposé la diva chérie sur le tarmac. L'appareil était prêt. J'ai fait le tour avec minutie, comme un pro, sous le regard vide la belle. Mais c'est un avion quasi neuf… alors, ça devrait le faire. J'ai signé les formulaires et pris les clés. J'ai toujours trouvé ridicule les clés d'avions… Comme si un mec allait venir le voler… Quoique…

Les adieux d'Amber et Youri furent dégoulinants de mièvrerie. Des bisous tout niais, des sottises susurrées. Beurk !

La belle était vêtue court, très court, dans une robe fuchsia, talons vertigineux (*Louboutin* fait la fortune des kinés). Les femmes ne savent vraiment pas s'habiller pour voyager. Cheveux tirés en arrière en une queue de cheval, mascara simple, lèvres brillantes. La vache ! La vache !

La belle se carra le popotin sur un fauteuil digne d'un monarque africain. Le regard froid posé sur moi, elle semblait me dire « démarre, connard ! ».

Elle n'avait pas dit un mot, probablement, je n'étais pas digne d'une de ses paroles.

Je me suis mis aux commandes. J'avais mal aux burnes. J'ai sorti ma tablette pour programmer le pilote automatique et la faire la check-list. On ne pilote plus les avions, c'est plus de la programmation genre jeu vidéo.

Youri est passé me demander si tout allait bien.
— Lorenzo…
— Quoi ?
— Je compte sur toi.
— Ouais.
— Tu ne la touches pas !
— Tu fais une fixette ! C'est dingue. Tu vas passer ta vie à flipper avec cette meuf…
— Je sais… Mais je l'aime trop, je sais que tu ne peux pas comprendre ces choses-là.
— Tu sais que les sentiments sont mauvais pour les

affaires ?

— Je sais. Mais j'en ai marre de courir après le fric. Je veux vivre, aimer et être aimé. On verra bien.

— C'est full romantique.

— Je me passe de tes commentaires. Évite les numéros !

— Je suis un vrai pro...

— Ouais…

Youri descendit. Je fermai la lourde porte et verrouillai. En me retournant, je jetai un regard à Amber. Ses longues jambes croisées me firent frissonner. La vache ! La vache !

Elle restait absolument de marbre, imperturbable. C'était comme une poupée gonflable vivante. Genre flippant. Pauvre Youri… Il ne va pas se marrer tous les jours avec cette fille. Je le plains, en fait.

2

Je décollai de Nice, piste 04L/22R, 2 570 m, béton. Je n'aime pas y atterrir, si on est un peu long, on tombe à la baille, mais pour un décollage c'est sans problème. Un stop en entrée de piste, on met les gaz pour s'assurer que tout fonctionne et GO !

Quand je pilote, je suis encore plus beau que nature, je me fais un bisou sur la main, je m'aime. Normalement, toute femme honnêtement constituée doit se pâmer et m'offrir son corps. Seulement voilà… les femmes sont aveugles et fondamentalement injustes !

J'enclenchai les automatismes. l'avion volait sans moi. Je songeai. Oui, je suis un peu philosophe à mes moments perdus, un intellectuel en somme. En fait, j'avais l'image des longues jambes d'Amber qui me vrillaient les neurones, torturaient mon bonheur mental. Mon Gonzo se morfondait ; c'est comme ça que je nomme mon appendice sexuel, parce qu'il est doué de sa propre intelligence, qu'il est quasi autonome.

Non, je n'ai pas un problème d'addiction au sexe !

Je suis tout à fait normal, mais comme tous les hommes sur cette planète de merde, je suis frustré par les femmes. C'est tout ! On vit une époque de merde ! D'ailleurs c'est pour ça que tout va mal. Les guerres ? Mais c'est parce qu'un vieux con ne peut pas baiser bobonne ! Alors il fait tout péter ! Il s'agace !

Le covid ? Si le chercheur imprudent qui l'a laissé se faire la malle s'était fait sucer au lieu de faire mumuse avec ses éprouvettes, hein ?

Le problème fondamental actuel, c'est qu'on voit des founes partout, des nichons, des cuisses et qu'on te dit : bouge de là ! Voilà le problème du monde. Mais c'est trop simple pour qu'un intellectuel puisse conceptualiser la chose.

Le bip subtil de la cabine retentit dans le poste de pilotage. La diva me sonnait. J'allai voir.

— Vous m'avez fait mander ? Un bain de pieds pour son altesse ?

Elle me regarda en se pinçant les lèvres.

— Quoi ? fis-je déconcerté par son silence.

— Rien, je te regarde. Tu es vraiment pas banal comme mec. D'où tu sors ?

C'est un truc de bonnes femmes ça. Toujours des questions, toujours indiscrètes. Le meilleur parti à prendre, répondre par une boutade.

— Tu me trouves trop beau, c'est ça ?

Elle pouffa. J'étais choqué, elle était capable de rire, ce n'était pas une option payante ou un truc du genre.

— Tu me sers un mojito ? fit-elle.

— Un… ? Tu me prends pour le larbin ? Moi pilote ! Moi commandant de bord, je te ferais dire !

— Allez… Sois sympa. J'ai eu une journée pénible, si tu savais…

— Bah, si on compare ta situation à une prof en ZEP, ou à une femme seule avec deux faux jumeaux en bas-âge… c'est sûr…

— Sois gentil, Lorenzo !

Moi, c'est simple. J'aime les femmes plus que tout. Aussi, si on me demande d'être gentil, je suis. De toute façon c'est ma nature profonde. J'ai farfouillé le bar, trouvé une mignonnette de rhum cubain. J'ai rempli un godet avec et lui ai porté avec style.

— C'est quoi ? fit-elle, considérant le breuvage, notablement déçue.

— Du rhum ! Tu crois pas que je vais me casser à te faire un mojito ? Bois ! Et glou et glou… Après je pourrais te sauter sans que tu comprennes ce qui t'arrive.

— Tu veux me sauter ? Toi ? Malgré ce que Youri t'a dit ? T'es complètement barge.

— Il est pas là que je sache…

— Je te plais ? C'est dingue… Et dire que je n'avais rien remarqué !

— Te fous pas de moi ! D'abord, j'ai rien dit, je nierai tout ! Jamais, j'ai dit que je voulais te sauter !

— J'ai du mal comprendre… Mais j'étais d'accord… Tu aurais pu…

— Nan... Attends, je comprends les mots, mais pas le sens...

Elle me regardait et ses yeux semblaient soudain allumés d'une lueur de vie. Putain quel beau regard ! Mais qu'est-ce que c'était que cette salope ? Elle avait ses jambes croisées, droite sur gauche, comme 75 % des femmes. Elle décroisa et changea de côté. Dans l'infime moment du basculement, je vis... Non ! Elle m'avait fait le coup ? À moi ? Sérieux ! Le *Basic Instinct meme* !

— Un problème ? fit-elle, devant mon air de saisissement choqué et tilté.

— J'ai vu ton minou ! Tu me montres ton minou comme ça ? La vache ! La vache ! J'hallucine !

Cette fois, elle éclata de rire franchement. Je déteste les filles qui ont trop d'humour. L'humour c'est uniquement pour les mecs.

— Elle a pas de culotte ! La salope ! fis-je avec une juste indignation, en proie à une agitation fébrile et désordonnée.

— Tu me dis quoi ? s'insurgea la belle.

— Moi, rien ! Je suis trop choqué. Je ne sais plus où j'habite !

— T'es tout rouge, mon chou.

— Pas ton chou !

— Mais quoi ? Tu n'avais jamais vu... Mon pauvre petit...

— Ta gueule ! Refais-le !

— Quoi ?

— Refais-le ! Comme Sharon Stone !

Et voilà qu'elle le refit. La salope ! Mais les femmes sont le mal incarné, toujours à exciter l'envie ! Mes yeux me brûlaient, je suffoquais, mon palpitant ne palpitait plus, il s'était barré sans moi, courant après des chimères. Dans mon cerveau supérieur, un lancinant « celle-là, tu ne la touches pas » revenait en boucle, mais mon Gonzo, lui martelait « putain, mais baise la salope, connard ! T'attends quoi ?».

Elle se redressa et s'approcha de moi tout en me considérant avec une sorte de douceur amusée.
— Mon pauvre chou… T'es tout congestionné… T'es un chaud lapin, toi…
— Moi ? Nan… Je suis un mec gentil !
— Je n'en doute pas…

Elle fit glisser son index sur ma joue. Elle continua sa course folle en direction de mon Gonzo, dégrafa les boutons de mon Levis 501 avec une dextérité peu commune et dès qu'il fit son entrée en scène tout content, lui fit un bisou sans barguigner. Ce con ne trouva rien de mieux que de lui exploser à la face ! Pas la petite éjac du branleur amateur, trois gouttes et puis s'en va se cacher. Non le méga truc, tu vois, qui t'en mets au plafond, le volume spécial banque du sperme que la secrétaire te donne un bonbon pour te récompenser, la livraison express d'Amazon avec leur symbole de queue réjouie qu'ils affichent partout et que le monde entier fait semblant de ne pas remarquer. Parce que ma queue en érection à la même forme que leur banane et surtout la même expression jouissive ! Si ! J'te jure ! Pareil ! J'ai fait la photo, si tu veux.

Elle était rincée, l'Amber ! Ruisselante, elle dégoulinait carrément. Elle me regarda avec un mélange de consternation, d'amusement et de surprise. Moi, j'étais détruit. J'aurais voulu être mort, enterré et oublié depuis mille ans ! Même en momie, j'aurais eu la honte !

Tu sais, c'est comme le gag du poupon : tu vois une conne de jeune mère toute gaga et fière qui se pointe avec son marmot tout vilain et fripé, un vrai têtard qu'elle exhibe trop contente d'elle, alors qu'il n'y a vraiment pas de quoi. Elle est trop contente d'avoir pondu sa fausse-couche, la niaise et elle exhibe sa joie ! Tu le prends dans tes bras, le chiard, en disant « Oh qu'il est bô ! » et il te vomit à la face, il ruine ton *Smalto*, ton honneur, ta vie ! Tu n'es plus qu'un con qui pue !

Bah, là, c'était pareil. Elle se releva dignement.
— Les toilettes ?
— Au fond. La seule porte, tu ne peux pas te tromper. Plus loin c'est le ciel…

Oui, l'humour est ce qu'il reste au mec que sa queue a trahi ! J'ai regardé mon Gonzo. Il semblait se ficher de ma pomme. J'eus une envie soudaine de le cogner… Mais il me sermonna :
— Petit con, tu vas la laisser toute seule aux toilettes ? T'es vraiment trop naze… Penchée en

avant… Tu vois le tableau, tu veux que je te fasse un dessin ? T'attends quoi ? Fonce ! *Torpedo los* !

« Celle-là, tu ne la touches pas ! »… Mon lobe frontal me faisait mal. Je cherchais vainement un crayon pour me l'enfoncer dans le nez jusqu'au cerveau et revenir à un QI de moule, apte à vivre dans notre monde de veaux qui gobe les salades des chaînes d'infos continues.

Comment allai-je jusqu'aux toilettes ? Je ne sais, je n'en ai aucun souvenir. Mon Gonzo avait probablement pris le contrôle… C'est un vicelard. Non, je ne suis pas complètement schizo ! J'ai une licence de pilote bordel ! Certifié jet privé ! Alors…

Amber, débarbouillée me regarda avec une certaine surprise dans le miroir :
— Tu voulais me dire quelque chose ?
— Je voulais m'excuser… fis-je, piteux.
— Tu viens me dire ça avec la queue à l'air, au garde à vous ?
— Bah… Je ne nierai pas une certaine arrière-pensée coquine sur le lavabo… Mais rien tu vois, c'est pas vraiment baiser… Juste une petite danse, quoi…
— Sur le lavabo ? Ici ? Toi et moi ? Sans musique ?
— Nan, dit comme ça, ça gâche tout…
— Tu peux le dire autrement ?
— Pitié !

Elle éclata de rire. Des fois on se dit que les belles filles sont dénuées de cervelle. Des fois on est injuste. Des fois… Enfin c'est rare quoi.

Et j'ai culbuté Amber. Bam, bam, bam… Le rythme de la vie… Bam, bam, bam, le sens de l'existence est là dans ce rythme primal régulier et réconfortant, dans cette mélopée simple et envoûtante qui vient du fond des âges, inscrit dans nos gènes… déterminée… condition impérieuse de la vie, car la reproduction est la contre partie de la mort. Si on entendait plus de bam, bam, bam, on entendrait moins de tacatacatac d'AK 47, des vieux cons chauves décideraient moins d'envahir la Pologne… ou je ne sais quel pays de merde… Oui, il manque trop de bam, bam, bam… en réalité.

La belle n'était pas insensible et se montrait tendre mais restait désespérément silencieuse. Elle remarqua mon désarroi :
— Quoi, encore ?
— Tu couines pas ! Couine, bordel !

Alors elle couina avec application. Mais L'HOMME, le vrai, reconnaît immanquablement la femme qui simule. Si ! L'Homme est supérieur… Hein ? C'est pas vrai ?
— Nan… Ça va pas ça ! fis-je avec un soupçon d'agacement.

Alors elle rajouta des aigus et même des super basses de râles agoniques.
— C'est trop là ! Tu me déconcentres ! On baise quand même !
— Monsieur à ses exigences…

— Ta gueule !
— Pardon ?
— Couine, bordel !

Elle couina… Mais ce n'était toujours pas ça. Il manquait l'innocence de la pucelle ou un truc du genre.
— Désolée… Mais depuis des années… je ne ressens plus rien… Tu sais… je suis incapable de jouir !
— Tu me dis quoi ?
— C'est la vérité. Tu n'y es pour rien.
— C'est pas possible. Attends, je vais te faire jouir moi ! Tu vas pas comprendre ce qu'il t'arrive.

Et là, je me suis lâché. J'ai tout fait. Avec la langue, avec les doigts, avec la main… Même à un moment j'y ai mis une banane ! Elle me baffa, scandalisée.
— T'es complètement fou, s'indigna la belle, me repoussant vigoureusement.
— Laisse-moi faire, c'est pour la SCIENCE !
— Arrête ça de suite ! T'es un grand malade en fait !
— Je suis un artiste. Je fais de l'art sexuel ! Silence !
— Tu ne veux plus que je couine ?
— On peut se concentrer sur le truc, deux minutes ?

Oui… J'ai tout donné. Je ne me suis pas ménagé. Mais rien n'y fit.
— Dis, Lorenzo, tu ne dois pas piloter l'avion de temps en temps ?
— Nan, t'inquiète, ça sonne quand c'est chaud. C'est comme un micro-onde.

Elle me regarda avec bienveillance. Ses yeux

étaient si beaux. Putain, je comprenais Youri complètement dingo de cette femme. On peut mourir pour une fille pareille. Enfin pendant cinq minutes quoi...

— Dis Amber...

— Je ne m'appelle pas Amber. C'est Natalia. Je suis Roumaine.

— Hein ? C'est quoi cette embrouille ? Pourquoi...

— Tu veux savoir mon histoire ?

— Bah ouais... Nan attends, je le sens pas ce truc...

— C'est sordide, je te préviens.

— Ah bon ? Sordide, comment ? Ne me dis pas que...

— Mon père m'a vendu à « oncle » Vlado quand j'avais douze ans pour un sac de pois chiche et un tapis...

— Nan... tu déconnes ?

— Vlado avait un bordel ambulant, fait de baraques de bois avec des loges où on attache les filles... Des glory holes... Tu connais ?

— Des glory ? éructai-je, profondément choqué, à la limite de gerber. Non... je connais pas... Le truc que tu payes dix euros et que tu peux tringler toutes les founes épinglées qui dépassent...

— Tu dis que tu ne connais pas ? s'amusa Amber... Natalia.

— Nan ! Je connais pas, je te jure ! Je suis un mec cool, moi... Jamais j'irai dans un truc pareil... Jamais ! Mais t'as pas été là-dedans ? C'est pas possible !

— Bah si... Après je suis tombée malade... j'allais

crever.

— Malade comment ?

— Trop malade. J'ai eu toutes les maladies honteuses tu vois…

— Non, je vois pas ! Ah ! Je veux pas voir ! La vache ! La vache !

Je me sentais trop mal. En fait, j'agonisai ! Ai-je dit que je suis un peu hypocondriaque ? J'ai une phobie totale des maladies, des malades, des hôpitaux, des docteurs… C'est terrible, c'est fatiguant.

— Mais putain, t'aurais pu prévenir ! fis-je, dans un râle, totalement dévasté.

— Mais je suis guérie… On m'a emmenée à Moscou voir le docteur Niet, un grand spécialiste des MST ! T'inquiète pas !

— Mais ça guérit jamais !

— Mais si… J'ai juste perdu la sensibilité… Je ne jouis plus, quoi.

— La vache ! La vache !

Je fonçai me rincer la bouche, me sachant de toute façon condamné. C'était trop tard. Voilà, je l'avais faite la dernière connerie, la connerie fatale. J'étais foutu. Amber… non, la salope Natalia vint me rejoindre, toute agitée.

— Ça sonne ! Vite, va piloter !

— M'en fout !

— Lorenzo, va piloter !

— Non. Je veux crever ! C'est mieux ! On va se cracher… Bye-bye ! C'est plus propre et ça évite la panique.

— Lorenzo ! me baffa Amber.

— Je suis foutu de toute façon. Quand Youri va savoir… Il va me faire castrer… ou passer sous un rouleau-compresseur. Je préfère le rouleau…

— Lorenzo, t'as pas le droit !

— Je suis contaminé ! fis-je dramatique.

— Je te promets que je suis clean !

— Menteuse !

— Lorenzo ! me secoua Amber.

— Non…

— Lorenzo, je veux vivre moi ! Je n'ai rien fait de mal ! Tu n'as pas aimé, nous deux ?

— Bah si… un peu… T'es trop belle… Mais quand même…

— Tu ne vas pas me laisser mourir comme ça… Pas toi.

Non, pas moi.

Oh que cette fille était perverse ! Que je la détestai. Elle avait décroisé les jambes ! Elle était trop belle et elle disait qu'elle n'avait rien fait de mal ! C'est un crime d'être belle à ce point !
Je me traînai vers le poste de pilotage, au bout de ma vie et fit un atterrissage laborieux à *Heathrow*. Je gagnai le parking transit des VIP et je constatai avec agacement que la douane m'attendait.

Les emmerdes attaquent en meute. C'est bien connu. Pourquoi se contenter de si peu ? Me manquait plus que la taule.

De là à apprendre que l'avion était bourré de

came… Alors que j'aurais dû vérifier le manifeste de vol et explorer l'avion, j'avais culbuté la salope. Oui, encore une connerie monumentale. Une de plus.

J'avais mal à ma queue. J'avais l'esprit en peine. J'étais un homme détruit. Mais qu'elle était belle cette Natalia. Elle m'avait donné un peu d'elle. Le prix en valait-il la peine ? Si c'était à recommencer ?

3

Qu'une chose se passe bien de temps en temps ? Non, même pas en rêve. Pas pour des types comme moi, il faut absolument que tout se passe au pire, c'est plus drôle.

À peine l'avion parqué et stoppé, les *customs* en uniformes fluo firent irruption. Un avion avec une immatriculation Russe ! Et moi qui ai une sainte horreur des uniformes j'étais gâté.

— Vous êtes français ? fit un fonctionnaire reluquant mes papiers.

— Belge.

— Humm… c'est pareil. Vous êtes un émigré Russe ?

— Je suis un émigré français !

— Français ! J'en étais sûr !

J'eus droit à la totale. Fouille complète. Vérification des papiers, des certificats, des attestations, un inspecteur technique monta à bord et vérifia tous les dispositifs de sécurité.

— Mais putain, c'est un avion neuf !

— Monsieur, soyez poli ! Calme ! Avec vous les français, toujours de l'hystérie.

— Je suis Belge !

— Et c'est très suspect !

Et ça ce n'était rien. Parce qu'avec Amber/Natalia, je craignais le pire. Cette Roumaine roulure avec un faux nom… Je me voyais déjà en 'zon anglaise…

— Mademoiselle Amber…

— Oui. Je suis actrice.

— J'ai vu un de vos films ?

— Je fais du X, alors c'est probable… fit-elle ingénument, avec un sourire dévastateur pour tout homme normalement constitué. Des rires gênés et concupiscents accueillirent favorablement cette information. Quand c'est moi qui explique on me regarde de travers. Quand c'est mademoiselle MST, c'est adorable. Mais dans quel monde pourri vit-on ? Je vous le demande !

Ils fouillèrent partout comme une meute de hyènes ! Je m'attendais à une catastrophe d'un instant à l'autre quand pépé le Moko apparut l'air hagard. Un vieux, non un débris vivant, avec quelques cheveux flottant sur un gros crâne d'œuf, des lunettes d'écaille, des rides en promotion, époumoné, au bout de sa vie, fit irruption à la surprise générale.

— Je suis Casimir ! Et après une longue respiration pour reprendre haleine, il ajouta : le copilote !

Nan… Sérieux ! Et moi, je suis une nonnette qui égrène son chapelet ! Je n'en revenais pas de ce type, encore un coup pourri de Youri.

— C'est toi Lorenzo ? s'enquit-il en me dévisageant.

— À quoi tu vois ça ?

— Tu as une tête de français voyou !

Natalia pouffa de rire, elle était encore plus belle, c'était odieux !

— Vous êtes Russe ? s'enquit un fonctionnaire zélé à l'adresse du vieux.

— Hongrois ! fit-il.

— Humm… c'est suspect ! Vous êtes bizarre ! Vous avez une licence de pilote ?

— Mais oui. Ancien officier de… Héros de guerre et décoré de la croix de Lénine… Enfin, voici mes documents ! s'indigna Casimir, soudain très digne, au garde à vous.

— Je vois, je vois… La croix de Lénine ?

— Le pacte de Varsovie… expliqua Casimir, un peu déstabilisé.

— Mmmm ! C'est suspect. C'est comme vous le français… Votre tête ne me revient pas !

— Je suis Belge, bordel !

— Mademoiselle Amber, connaissez-vous cet homme, demanda le douanier en me désignant.

— Pas vraiment. C'est un employé de mon « oncle »… qui n'a pu trouver personne d'autre, je crois, avec la situation de tension actuelle concernant les citoyens Russes. Mais comme tous les français, il n'a pas une très bonne réputation… Pas très consciencieux, vous voyez, pas le genre qui respecte les ordres et les consignes… Un français, quoi.

— J'en étais sûr !

La salope ! Mais quelle salope ! Baisez une femme avec tout votre cœur, tout votre amour et même une banane et voilà comment on vous remercie ! Elle m'avait piétiné comme une merde ! Voilà le sentimentalisme féminin ! Et elles vont venir vous donner des leçons de romantisme ! C'est du foutage de gueule et puis c'est tout !

Je me suis laissé tomber sur un fauteuil tout cuir. Je connais la noirceur de l'âme humaine, je n'en attends d'ailleurs rien, mais à chaque fois, je suis surpris malgré mes précautions.

— Lorenzo, mon voyage s'arrête ici, me fit Amber en aparté.

— Hein ? C'est quoi encore cette connerie ?

— Je ne vais pas à Miami ! Je n'aime pas Youri, j'en ai marre de lui, de sa jalousie, de sa surveillance constante. Je ne veux pas vivre comme ça… Le fric, ce n'est pas tout !

— Quoi ? Mais non ! Tu peux pas me faire ça ! Il va me bouffer les couilles en salade avec de l'échalote !

— Tu m'as ouvert les yeux. J'étais bloquée dans mon rôle de pute. Il faut oser s'affranchir de tout. Il faut prendre des risques pour sa liberté et sa vie. Toi, tu te fiches de tout ! Tu oses tout ! Tu profites de la moindre opportunité… Je descends ici ! Je suis libre !

Je saisis la belle par le bras, bien décidé à lui coller une trempe. Non, je ne bats pas les femmes,

mais des fois, avouez que c'est nécessaire… Non ?
Elle fit bravement face, d'autant que les uniformes
pullulaient partout.

— Lorenzo, tu lui expliqueras… Il comprendra.

— Il ne comprendra rien ! Il va…

— J'ai de l'argent dans mon bagage. Je te donne
20000.

— Hein ? Tu veux m'acheter ? Moi ?

— 30000. Cash en dollar.

— Nan… Tu me prends pour une racaille… Fais-
voir…

Elle entrouvrit un coquet Vuitton qui devait
coûter trois Smic. C'était plein de cash. Le vieux
s'interposa.

— Excusez, mais j'ai entendu votre discussion. Je
m'immisce…

— Dégage ! fis-je, contrarié.

— Je représente ici les intérêts de Youri. Je suis « le
comptable » ! fit-il en murmurant.

— T'es pas le copilote ?

— Tu m'as regardé, connard ! J'étais pilote, mais
maintenant je suis vieux !

— Vous avez décidé de me rendre dingo
aujourd'hui tous les deux, fis-je au comble de
l'agacement.

— Mademoiselle Amber, cet argent ne vous
appartient pas. Il est volé ! fit le vieux.

— Tu veux que j'explique qui tu es ? fit la belle sans
se démonter. Un salaud de Russe, ancien du KGB…
reconverti comptable mafieux !

— Petite…

Scandalisé, il se tourna vers moi.

— On va la « raisonner »… Aide-moi… On la maîtrise, on la passera par la porte pendant le vol vers Miami.

— Heu… T'es sérieux là ?

Il me regarda avec un regard froid et inquiétant, légèrement larmoyant. Les vieux sont particulièrement sadiques et jusqu'au-boutistes. Je déteste les vieux !

— Moi, je suis pilote ! Je vais à Miami et c'est marre !

— J'en informerai Youri, menaça le vieux. Il ne va pas apprécier ton manque de zèle !

— Bon, les mecs, salut. J'ai à faire, dit Amber et descendant la passerelle et disparaissant dans la nuit.

— Tu ne la retiens pas ? s'indigna Casimir.

— Youri a dit « tu ne la touches pas » ! Je ne touche pas !

— Toi, tu vas souffrir ! fit le vieux qui s'empara de son téléphone.

Et pendant tout ce temps, je ne m'étais pas aperçu que les uniformes étaient partis comme par enchantement. Amber envolée, il ne restait à bord que le vieux et moi. Je songeai à me barrer aussi, mais mon fric ? Pourtant, avec le recul… C'est ce que j'aurai dû faire…

Casimir me tira par le bras.

— « Il » veut te parler.

— Lorenzo, mon ami Lorenzo !

— Youri, bordel ! Mais c'est la merde ici !

— Calme-toi !

— Non, rien ne se passe comme prévu. Je savais que je le sentais pas ce plan !

— Calme-toi !

— La douane, les services techniques…

— Je sais… J'ai fait agir mes contacts à Londres. Ils sont partis non ?

— Ouais… Pff, comme par magie.

— Oui, enfin, avec de l'argent c'est toujours magique.

— C'est toi ?

— Amber ? Parle-moi de l'amour de ma vie !

— Cette salope de roulure Roumaine ? Barrée avec un sac plein de biftons !

Un silence glacial accueillit cette nouvelle.

— Je fais quoi ? Je rentre à Nice ?

— Tu vas à Miami.

— Ton copilote… C'est un vieux con !

— C'est « le comptable ». Il doit aller à Miami. C'est… important.

— Je vais piloter seul ? Sur un vol transatlantique ?

— C'est un ancien pilote de chasse ! Il est décoré ! Il a volé sur Mig, il t'aidera !

— Il est vieux et malade ! Il va crever de vieillesse ! Il voulait jeter la fille de l'avion sans parachute !

— L'âme Russe ! Dépressive et terrible ! Tu verras, c'est un homme remarquable. Excellent joueur d'échecs.

— C'est un maboul ! Il va me faire la peau, c'est ça ?

— Mais non… Tu me prends pour qui ?

C'était une question de pure rhétorique. Je méditais sur la conduite à tenir.

— Mon fric ?

— Tu ne seras pas déçu !

— Tu n'arrêtes pas de dire ça, mais moi je n'ai encore rien vu ! Natalia m'avait promis 50000, putain, j'aurais dû les prendre !

— Natalia… fit Youri songeur.

— Ouais… Tu savais qu'elle était super malade ! Une épidémie ambulante ! Venimeuse ! ***Poison Ivy***, c'est elle !

— De quoi tu me parles ?

— Cette femme est contaminée ! C'est un *Biohazard* ! Il faut lui coller un écriteau de risque sanitaire majeur !

— Tu l'as touchée ?

— Hein ? Mais non ! Bien sûr, je l'ai pas touchée !

— Tu l'as touchée ! Tu n'as pas pu t'en empêcher !

— Mais non ! Pourquoi tu dis ça ?

— Lorenzo ! Crapule !

— J'te jure ! J'ai été tenté, je l'avoue, surtout qu'elle a décroisé les jambes, genre que Sharon Stone c'est Ugly Betty à côté…

— Lorenzo !

— Mais rien, tu vois. Rien ! Pas ça !

Un silence gênant se fit. Youri digérait la nouvelle. Cela ne passait pas. Cela avait le goût rance du désappointement.

— Je suis très désappointé, finit-il par dire.

— Désappointé ? Désappointé comment ? Genre Zorg qui va péter un câble ?

— On se voit à Miami !

La communication coupa. J'étais un homme mort, toujours vivant. Une aberration. Le vieux me regardait fixement.

— C'est mal barré pour toi, conclut Casimir.

— Tu crois ? Nan…

Il eut un petit rire.

— Tu me plais, toi, le français. Les crocos vont se régaler…

— Je suis Belge !

— Va t'occuper des formalités… Il faut partir ! fit-il avec l'impatience des vieux.

— Tu n'as pas peur que je me tire ailleurs ?

— Non. Tu veux trop ton fric. Tu es vénal !

— Moi vénal ? Je suis pauvre c'est tout.

— C'est pareil ! Mais ce n'est pas mal. On peut avoir confiance dans les gens qu'on peut acheter. Les idéalistes par contre…

— Pfff ! N'importe quoi.

Je me suis rendu au bureau des pilotes. J'étais encore plus mal que mal. Malade, condamné par les microbes, les virus et les hommes. Je n'étais plus rien. Je n'étais pas grand-chose avant, étant français… mais maintenant, c'était pire.

4

Je suis allé au bureau des pilotes pour mon plan de vol et les données météo indispensables. Quand je suis dans mon rôle de pilote, je m'aime, je me trouve beau, les femmes me regardent avec envie comme Frank Abagnale (Catch me if you can). Non, je ne me raconte pas des histoires, les femmes deviennent belles quand elles sont intéressées par un mec ou par son fric, c'est de toute façon la même chose, parce qu'elles sont sexuellement pragmatiques et pas jouissives, c'est le nœud du problème d'incompréhension hommes-femmes. Tout est là.

Je signai les documents et j'ai dû régler des frais de ma poche ! Depuis le début de cette aventure, je deviens de plus en plus pauvre. Le sourire de la préposée n'est pas parvenu à dissiper ma douleur pécuniaire.

Le manque d'argent est la cause de tous les maux du monde ! De toute façon, les femmes c'est fini pour moi ! Je suis mourant, bordel ! Contaminé par une catin, agonisant de toutes les maladies. La bagatelle… m'a tué ! C'était le coup de trop… la bastos fatale. Tombé au champ d'honneur. *Puni pour avoir trop conspué les femmes, les sentiments, au lieu de rechercher à adhérer aux vraies valeurs que sont l'amour, l'engagement, la famille.* J'avais une irrépressible envie de gerber.

De retour dans l'avion je retrouvai Casimir prostré dans un fauteuil, la tête tombée sur la poitrine. Mort ? Je le secouai avec angoisse. Il sursauta et ouvrit des yeux effarés. Pendant de longues secondes il resta interrogatif, ne comprenant rien à ce qu'il voyait. Enfin un neurone consentit à flipper :

— Ah, te voilà… Nous partons ? Vite, le temps presse ! balbutia-t-il.

— Pourquoi ? Tu vas mourir ?

— Petit sot !

— J'ai dû raquer ! Et j'ai pas de fric ! Tu as du blé pour moi ?

— C'est le cadet de tes soucis ! Tu as trahi Youri pauvre inconscient !

— Je n'ai rien fait ! Je suis innocent !

— La vérité n'a aucune importance. Seul compte ce que croit celui qui a le flingue.

— C'est pas faux.

— En route !

— Ouais… en route. Je pourrais toujours faire un golf à Miami en attendant… mon destin…

Je suis grand dans le drame, mon caractère altier peut s'exprimer enfin. Putain, j'aurais pu faire tant de grandes choses mais le destin s'est acharné sur moi… Les dés étaient pipés ! Je n'avais aucune chance en réalité.

Des regrets ? Certes. Je n'arriverais jamais à *mille e tre* de Don Giovanni. Quoi je suis présomptueux ? Dans la vie, il faut viser haut… et passer son temps à contredire les *naysays*, ceux qui passent leur temps à vous dire non, à clamer que c'est impossible, infaisable. On le sait que c'est impossible mais c'est tellement chiant !
Le Français est petit par nature. Le Belge est grand par… son roi ! Voilà !

Casimir s'installa dans le fauteuil de droite. L'instrumentation numérique, le palonnier joystick… il était consterné de tout cela, sa grosse tête tremblait finement et menaçait de se détacher du corps.
Je programmai le pilote automatique. Route commerciale standard, Boston puis longer la côte. Plus de neuf heures de vol. J'allais drôlement m'emmerder parce qu'inutile de croire que le débris allait piloter. S'il arrivait vivant, ce serait déjà un exploit. Avec une hôtesse à bord, le vol aurait pu être… Oui, je sais… je ne m'y fais pas ! Je n'intègre pas ma fatale condition, tout mon être s'y refuse. Ah ! Chienne de vie ! La salope ! Est-il pire torture que d'être privé de baise ?
On a décollé et prit de l'altitude sans percuter personne, par chance, tant le ciel londonien est encombré. Enfin, l'espace infini m'ouvrit ses bras et je me grisais à nouveau du plaisir de voler. J'oubliais mes misères.

Alors qu'on dépassait la pointe sud de l'Irlande, Casimir s'agita sur son siège, farfouilla dans sa serviette de cuir noir, puis bredouilla :

— Cap sur Cuba !

— Hein ?

— Cap sur Cuba !

— C'est quoi ce délire ?

— Ce n'est pas un délire petit délinquant français miteux ! C'est un détournement !

— Nan… Toi le vioque ? Tu t'es vu ?

Et voilà qu'il sortit un petit pistolet minuscule et me braqua ! Mais où va le monde ? Je vous le demande en conscience. Qu'on fasse des guerres, c'est normal, il faut bien faire marcher les usines d'armes. Qu'on confine les gens pour une maladie de merde ? OK, les labos pharmaceutiques étaient dans le rouge avec les génériqueurs Paki. Mais qu'on braque le Lorenzo !

— C'est quoi ce jouet que tu pointes sur moi ?

— Un Makarov 22 ! Dotation KGB !

— Tire ! Fais-moi plaisir ! Je suis foutu de toute façon. *Make my day* !

Il me regarda sans comprendre.

— On va à Cuba !

— Cuba NO ! Va chier !

Ses yeux frétillaient. Il était complètement à la ramasse.

— Je vais tirer !

— Bah tire ! Je te dis que je suis foutu.

— Je parlerai à Youri. On va trouver un arrangement…

— M'en fous. La salope m'a contaminé à mort ! La maladie insidieuse me ronge ! Je vais crever je te dis !

— Mais t'es complètement con en fait. Tu crois que Youri aurait pris une femme malade ?

— Mais c'est une pute Roumaine !

— Elle a menti ! Elle t'a raconté des salades !

— Elle a menti ? Une femme qui ment ? Nan… Les femmes ça ne ment pas, tous les juges le savent bien !

— Mais qu'il est con ! s'indigna le vieux, rangeant son flingue ridicule.

— Elle a menti ? À moi ?

— Évidemment.

— C'est pas une pute ?

— C'est une actrice !

— Une actrice ? Dans quel film elle a joué…

— Du X…

— Du… Hein ? C'est une pute ! C'est pareil !

— Mais non. Elle n'est pas malade !

— Elle n'est pas roumaine ?

— Elle est. Une pauvre orpheline… Youri l'a transformée… Dix-sept interventions. Le meilleur chirurgien plasticien du monde. Il a dépensé sans compter. Elle a même eu droit à de la thérapie génique avec des gènes de néandertalienne ! Tu savais qu'ils étaient blonds aryens ?

— C'est Jurassic Woman ? Qu'est-ce que tu me raconte-la ? Tu te fous de ma gueule ?

— Elle est parfaite non ? C'est impossible une femme aussi parfaite ! Réfléchis !

— Tu veux m'enfumer ! Je suis mourant, tu en profites ! De toute façon, je le sens que je suis malade ! Je me sens mal ! Je me sens trop mal… C'est la fin.

— Il faut que tu m'amènes à Cuba !

— Chez les communistes ? Jamais ! Je suis capitaliste à mort ! Je suis ultra-capitaliste-opportuniste-jouisseur !

— Mais ça a beaucoup changé… Plus rien à voir avec l'époque du grand Castro

— Des salades. C'est un coup à se retrouver au goulag Cubain, le pire avec les moustiques.

— Je dois voir le docteur Niente ! C'est vital.

— C'est quoi encore cette histoire ?

— Je suis le comptable parce que je suis calculateur prodige et que j'ai une mémoire photographique. Je n'oublie rien. J'ai tout là !

Il indiquait sa grosse tête d'œuf.

— Et alors ?

— J'ai tout oublié des comptes de Youri !

— Nan ! Tu me charries ? C'est un gag ?

— Tout, je te dis. Des milliards évaporés ! Plus rien ! Zéro !

J'eus un fou rire. Voir les autres dans la merde c'est ce qu'il y a de mieux quand tu es mal. Casimir me tapa sur l'épaule avec impatience :

— Espèce de crapule française !

— Je suis Belge !

— C'est pareil ! Racaille !

— Et t'as pas noté les références des comptes sur un petit carnet ?

— Bah non. J'ai tout dans la tête. J'ai un QI supérieur !

— C'est con. C'est trop con !

— Tu comprends pourquoi il faut que j'aille voir le docteur Niente ?

— Tu vas mourir ! fis-je, mort de rire. Tu vas finir dans les fondations d'une baraque… et moi dans l'estomac d'un croco…

Je ne pus terminer, j'étais plié.

— C'est fini oui ? s'indigna le vieux. Au lien de rire, il faut tâcher de trouver une solution. Tout problème a toujours une solution.

Mon hilarité cessa de suite. Une vision des *everglades* s'imposa à ma conscience ; oui, il me fallait une solution.

— Sérieux ? fis-je, soudain sombre et angoissé.

— Oui, forcément ! La solution c'est déjà que je retrouve la mémoire. Cap sur Cuba !

— Merde.

— On va à Cuba !

— C'est quoi ce docteur Niente ?

— Le plus grand neurologue du monde. Il a une thérapie génique avec des gènes de bébés, un vaccin à ARN, ça régénère la mémoire.

— Ça marche ?

— C'est expérimental, sans garantie, risqué. Mais je n'ai pas le choix.

— Cuba ? Nan, c'est pouilleux comme coin.

— Ils ont des golfs fabuleux, et les cubaines… chaudes comme la braise.

— Les cubaines ? Elles sont avenantes ? Des formes ? Des seins… enfin tu vois le modèle qu'on peut jouer avec ?

Il me donna une estimation digitale.

— Ah, misère… Les cubaines… C'est trop con ! Et c'est maintenant que je vais crever… fis-je dépité.

— Le docteur Niente te soignera !

— J'ai peur des docteurs ! Je n'en vois jamais…

Casimir me regarda avec consternation. Mais les vieux sont tenaces. Il abattit sa carte maîtresse :

— J'ai du fric pour toi si tu fais escale à Cuba…

— Genre ?

— 20000

— À moins de 50000, macache ! *Ouallou* !

— Crapule française ! C'est d'accord !

— Et des Cubaines !

— Tu ne seras pas déçu.

— Je veux crever en baisant !

— Ça peut se faire. Tu sais que tu es un grand malade dans ta tête ?

— Alors vamos ! Cuba si !

Je mis le cap sur le triangle des Bermudes. Ce qui est bien quand on est condamné, c'est qu'on se fiche de tout et là, on peut faire de grandes choses, on ose, comme les cons.

J'avais la force de saisir ma chance, de casser ma

désastreuse destinée et même de la niquer. Moi aussi, je pouvais être grand. Moi aussi, je le valais bien !

5

L e vol était mortel de longueur. On a joué aux échecs avec le vieux, soi-disant GM (grand maître)… J'y ai collé une Caro Kann en défense, laminé le GM ! Après j'ai joué les blancs, un petit Nakhmanson gambit et… rebelote.
J'aime gagner parce que j'aime qu'on me déteste et qu'on m'envie, c'est mon côté provocateur, mais c'est aussi ce qui fait mon charme, non ?

Le vieux clignait comme ébloui, il grommelait des insultes russes à mon égard, me jetait des regards plein d'aménité. La troisième partie, j'étais cuit, mais je lui montrais la pendule qui marquait zéro pour lui. Le vieux c'est lent, ils s'imaginent retenir le temps en lambinant. Mais le temps se fout des vieux. Le temps est déjà fini pour eux, mais ils n'ont même pas compris. Il rejeta l'échiquier et piétina les pièces. Le vieux c'est méchant. J'ai dit que je n'aime pas les vieux ?

On a parlé un peu de tout et de rien. Mais quand j'ai dit que l'armée russe avait une guerre de retard avec ses chars T90 désuets face aux drones et aux missiles portatifs, il est devenu rouge. J'ai cru qu'il allait ressortir son pistolet ridicule et faire un carton.

Après on a décidé de rester silencieux. Mais je sentais bien qu'il bouillait. Le silence effraye le vieux.

— Tu l'as baisée la petite Amber ?

— Jamais !

— Allez, on est dans le même bateau qui coule. Tu peux me le dire !

— Je ne l'ai pas touchée je te dis !

— Elle était bonne ?

— Une cata. Elle jouit pas.

— Quoi ?

— Une peine à jouir, je te dis ! Il paraît que son minou est carbonisé par l'abus de… C'est une salope de pute, quoi ! Une roumaine !

— Il faudra faire une nouvelle intervention… J'ai entendu parler d'un recalibrage du point G… médita le sénile, pensif.

— Sérieux ? Parce qu'alors là… Ce serait un coup parfait.

— J'en informerai Youri… enfin… si je retrouve ma mémoire. Ça pourrait te sauver la peau…

— Mais si le traitement de Niente ne marche pas ?

— Il faudra être digne et honorable.

— Appelle-le de suite et dis-lui !

— Non !

— Pourquoi ?

— Parce que je suis sûr que tu m'aideras en attendant, tu as trop besoin de moi. Mon pire ennemi veille sur moi... Je suis tranquille.

— Vieux salaud ! m'indignai-je.

Nous restâmes de nouveau silencieux, nous épiant. Le ronronnement des moteurs, le ciel plein d'étoiles... Je me fous du ciel en réalité, il est glacial, mortel. L'univers n'est pas fait pour l'homme.

Et puis soudain, il se passa un truc de dingue. Mes mains se sont mises à gonfler et à se recouvrir de poils. Des poils partout sur mon corps, mes doigts boudinés... Je devenais énorme, un monstre simien mais ce n'était pas le pire. Le pire se matérialisa brutalement et de façon totalement incongrue : une femme d'au moins trente-deux ans... peut-être pire, trente-cinq ou même trente-huit... ou plus encore... une vieille quoi, avec son chignon et ses lunettes de myope ; l'archétype des pires femmes possible, les intellectuelles ! Et elle me pointait son index accusateur. Elle parla d'une voix solennelle :

— Lorenzo, tu as fait trop souffrir les femmes ! Tu as trop conspué les vraies valeurs ! Tu es coupable !

— J'ai rien fait ! Madame, c'est pas moi ! Je suis innocent !

— Ne m'appelle pas madame ! Monstre ! Je suis ta conscience !

— C'est pas possible ! T'es trop vieille ! Tu piques les yeux !

— Ne dis pas ça, insolent ! Je ne suis pas vieille ! Je suis une femme dans la fleur de l'âge !

— Oh si ! La vilaine !

— Silence ! Regarde-toi !

— Mais putain, qu'est-ce qu'il m'arrive ? Je suis devenu un grand singe !

— C'est comme ça que tu es en réalité !

— Mais non ! J'ai une gueule d'ange ! Et là…

Je pris ma queue énorme dans ma main. La vieille la regardait avec une pointe de… concupiscence. Oui, c'est cela, c'était d'autant plus odieux qu'on ne s'attend pas à pareille attitude de la part de madame la moralité. Une vieille ne devrait pas avoir de pensées lubriques, non ? Si ? Elle devrait s'en tenir aux robes à fleur niaises, au ménage et aux gâteaux ? Non ? Si ? Quoi ?

— Tu dois te racheter, Lorenzo ! Tu dois donner de l'amour ! Tu dois t'engager dans des causes nobles. Tu dois avoir une famille à chérir !

— Oh non ! Pas ça ! J'ai pas mérité ça !

— Si ! Tu dois te racheter ! Repens-toi !

— Tu veux dire baiser toujours la même meuf ? Nan… Ça va pas être possible ! C'est le pire du pire !

— Ton âme ne peut pas être aussi noire ! Je ne peux pas le croire !

— Casse-toi la vieille ! Va emmerder quelqu'un d'autre ! Il y a pire que moi, des mecs qui confinent un peuple, des mecs qui envahissent pour le fun, des mecs qui piquent tout ton fric en te faisant croire que c'est pour ton bien… Moi, je ne suis personne. Je suis innocent ! Ahhhhhhh !

Mon désespoir était à son paroxysme. Et puis, je sentis le monde s'écrouler, comme un grand chambardement bouleversant la réalité. Je réalisai que le vieux venait de me baffer.

— T'es complètement marteau ! fit-il, me regardant avec répulsion, comme si j'étais contaminé covid.

— Oh putain le cauchemar ! La vache ! La vache ! J'ai dormi ?

— Comme un porc ! Tu grognais tel un animal… C'était obscène ! Mais regarde dans quelle position invraisemblable tu es !

J'avais les pieds sur l'appui-tête, sans dessus-dessous. Comment m'étais-je retrouvé dans une telle situation ? Je sais que je bouge beaucoup en dormant, il m'est déjà arrivé d'éjecter plus d'une meuf d'un plumard, mais quand même. Heureusement que je n'étais pas descendu en vol. Je regardai mes mains avec satisfaction, tout content de voir qu'elles étaient de taille normale, humaines quoi.

— Faut que je bouffe un truc, je vais faire un malaise, fis-je, abasourdi. C'est la maladie qui me ronge…

— Hé petit ! Tu vas pas faire le con, hein ? Tu vas pas clamser maintenant ?

— C'est la maladie ! Je sens que c'est la fin à cause de la roumaine !

Le vieux posa le dos de sa main sur mon front moite et m'observa avec attention.

— Quoi ? fis-je avec angoisse.

— T'inquiète, c'est pas ce que tu crois.

Quand on dit ça à quelqu'un c'est que c'est que tu crois, et même pire ! Prépare-toi à un choc existentiel.

— Putain… Je suis foutu, hein ?

— Mais non. Tu vas manger un truc et ça ira mieux.

— J'en ai pour combien de temps, d'après toi ?

— C'était rien qu'un cauchemar ! s'indigna le vieux. Qu'est-ce qui t'as tant effrayé ?

— J'étais devenu un grand singe et une vieille me faisait des reproches, le genre enseignante frustrée, tu vois, méchante quoi… elle lorgnait sur ma queue… J'étais choqué ! C'est ignoble une vieille lubrique non ?

— T'étais devenu un quoi ?

— J'étais énorme, velu, avec une queue de malade… Un grand singe ! Et cette vieille… Ah… j'en frémis rien que d'y penser.

— Une vieille ?

— Ouais, au moins trente-huit ans, tu vois l'horreur ? Ah, mais tu sais que j'en suis traumatisé !

— Bah… Moi si je pouvais encore… je m'en contenterai de ta vieille.

— Ouais… Mais toi… t'es genre momie.

Le vieux sursauta d'indignation :

— Tu vas poser cet avion à la Havane !

— Nan… j'aurai pas la force.

Le vieux s'apprêtait à me baffer de nouveau mais j'eus un sursaut. Je me traînai jusqu'à la cambuse, je trouvai une boite de caviar Béluga au frigo que je tortorai avec des petits toasts en compagnie du vieux.

— On vient de bouffer pour 2000 dollars de caviar, indiqua-t-il.

— Sérieux ? C'est pas des œufs de lompe ?

— Ce n'est pas, racaille française ! Pauvre gueux ! Pour Youri, il n'y a que le meilleur !

— Ah quand même. De toute façon, je suis condamné, alors… Je m'en fous. Je me fous de tout !

— Va piloter !

— OK, j'y vais. Mais c'est bien pour toi. Note que tu ne mérites pas…

— Va aux commandes et pose cet avion !

Je repris les commandes, je me sentais un peu requinqué. Je m'attendais au pire en survolant Cuba, mais avec son immatriculation russe, mon avion n'était pas suspect dans ce bastion communiste. J'expliquai le changement de destination pour les besoins d'une escale sanitaire urgente.

— Vous importez du Covid ? C'est puni par la loi ici ! m'expliqua un contrôleur aérien affable.

— Non de l'amnésie.

— De quoi ?

— Un vieux qui perd la boule. Il vient voir un grand docteur…

— OK. J'en informe les autorités.

— Ne vous donnez pas cette peine, inutile de mêler les flics… on trouvera bien tout seul…

— Vous êtes dans l'espace aérien cubain ! Vous devez vous conformer aux instructions.

Dire que j'en étais sûr ? Dire que ce plan foireux, je ne le sentais pas ? Que le goulag cubain nous ouvrait ses portes ? Que j'étais dans une merde plus que noire ?

À peine posés, nous fûmes assaillis par une meute de Policia et même une vieille ambulance Cadillac des années cinquante arriva.

Comme j'étais détruit émotionnellement et que la maladie rongeait mes dernières forces, je laissai Casimir gérer. Je vis passer des coupures de gros billets verts. Et l'on nous enfourna dans l'ambulance en direction de la clinique de l'immaculée conception ou exerçait le grand docteur Niente.

Il y a des jours ou on voudrait une zappette temporelle pour accélérer le temps et passer rapidement les moments chiants. Hélas, il faut supporter les misères de la vie, il faut souffrir jusqu'à l'ultime moment.

Pourtant après mon terrible cauchemar, rien ne pourrait plus m'impressionner, quand on a vu madame la Morale en colère, on a tout vu.

6

La clinique de l'immaculée conception... Rien que ce prédicat est une imposture ! la conception ne peut-être immaculée ! Une infâme pécheresse s'est faite sauter et puis c'est tout ! Elle a abusé de la naïveté d'un pauvre honnête homme... Comme cette salope d'Amber !

Oui, j'en avais gros contre Amber : être si belle et si malfaisante... C'est comme tout dans ce monde, toujours une contre-partie indigeste à gober, toujours une face cachée inavouable.

Foutu pour foutu, je décidai que je vouais dorénavant le reste de ma vie au mal, que le gentil Lorenzo, c'était fini que je devenais l'*Orangina* rouge, le méchant ! Voilà comment les destinées se forgent, ne cherchez pas des causes compliquées et alambiquées. La solution la plus simple est souvent la seule qui vaille.

Je m'attendais à un bâtiment vieux et poussiéreux, moisi de chicaneries religieuses, en ruine depuis le blocus Américain... Nous foulâmes un sol immaculé dans un édifice super moderne de verre, de béton et d'écrans tactiles qui sentait le désinfectant. Nous passâmes dans un sas à UV. Une nonne vint à nous :

— Je suis sœur Carlotta, l'assistante du docteur Niente, on m'a prévenue…

Une voix d'ange, un visage d'une douceur… un peu grassouillette, mais j'aime assez les rondeurs de la femme ; quand on est sur une femme maigre, on a l'impression d'un matelas d'os. Des prunelles noisette, un petit nez mutin, des pommettes hautes, un front un peu bombé, des cheveux de jais cachés sous la coiffe dont une mèche s'échappait, une peau hâlée.

Aussitôt, je me sentis mieux, mon inexplicable abattement s'en était allé se faire mettre, mais surtout, le but de ma vie m'apparut soudain tout tracé : je devais me taper la nonne ! La pervertir à mort, en faire une pute dévergondée !
Dans ta face, le destin ! Oui, il fallait faire gémir cette sainte nitouche, l'engluer de sperme tout chaud, direct du producteur au consommateur ! C'était mon destin ! Pour certains, il faut sauver la galaxie, pour moi, sauter la bonne sœur Carlotta ! Quoi ? C'est petit ? Tout le monde ne peut pas être le fils de Dark Vador ! Je ne sors pas de la cuisine de Jupiter, l'enseignement de gauche français à fait de moi ce que je suis : un raté. J'assume !

Carlotta… Même son prénom m'allait comme un gant, il rimait avec Dorlota et j'avais besoin d'un dorlotement femelle après les affres que je venais de subir… J'avais trop souffert dans ma vie. Je le méritais, je le valais bien !

— Suivez-moi, fit-elle sans plus de préambule.

— Oui, oui, fis-je avec obséquiosité.

Elle se retourna et m'observa :

— C'est pour vous, n'est-ce pas ? Je l'ai senti tout de suite ? me fit-elle.

— Pour moi ? Mais non ! Moi, je ne supporte pas les médecins, les hôpitaux et tout le fourbi médical. Rien que d'être ici, je me sens mourir. C'est pour le vieux con, là, il perd la boule !

Elle porta son doux regard à Casimir.

— Ah, je vois… Pourtant, vous me semblez…

— Beau ?

— Ce n'est pas ce qui me vient immédiatement à l'esprit…

— Désirable, sensuel ?

— Mon fils ! s'indigna la sœur, je suis une religieuse ! J'ai fait vœux…

— Bah, « IL » s'en fout non ? Dieu a dit : *ce qui est à toi est à moi* !

— Il a dit ça ? Je n'en ai pas souvenance…

— Il a dit : *ta femme sera ma femme* !

— Il n'a pas dit ça !

— Dans l'évangile selon Barnabé ou Zinédine… m'en rappelle plus.

— Il n'y a pas…

— Dieu a dit : *tu ne laisseras point l'homme dans la frustration sexuelle* !

— Mon fils ! Cessez, ces persiflages, je vous prie !

Vous conspuez ! Vous conspuez trop !

Elle se figea et me fit face avec un visage sévère, un visage moralisateur ! Je revis l'espace d'une seconde madame Lajoie, une prof qui m'avait persécuté étant petit… Je fus beaucoup persécuté par le corps enseignant, c'est une triste vérité.

— Vous frappez pas ma sœur ! C'est un malade ! Une queue ! Il a baisé la femme de mon patron dans l'avion… il est fou ! expliqua Casimir, c'est un animal en rut. D'ailleurs il se prend pour un grand singe !

— Ah… Je vois… Je comprends mieux.

Elle médita, tout en m'observant comme un pestiféré.

— Ne vous approchez pas de moi. Ici, les gens comme vous, on les traite efficacement !

— Vous leur faites quoi ? fis-je provocateur.

— On leur coupe… Vous savez quoi !

— La vache ! La vache ! Dieu a dit : *tu ne couperas point…*

— Silence, espèce de pervers diabolique ! Vous êtes le mal !

— Moi pervers ?

— Oui ! Et cessez de me regarder comme vous le faites !

— Mais je suis un mec gentil. Je suis pilote, bordel !

— Bon, c'est fini, oui ? s'indigna Casimir. Je dois voir immédiatement le docteur Niente ! C'est urgent ! C'est même vital… pour nous deux ! fit-il en me regardant avec insistance.

La sœur sursauta.

— Oui, pardon… C'est votre « ami » qui me…

— Ce n'est pas mon ami ! C'est une racaille française que j'aurais dû descendre !

— Un français… J'aurais dû m'en douter…

— Je suis Belge ! fis-je scandalisé.

— Pff ! firent de concert la sœur et Casimir.

Nous arrivâmes dans un secteur fermé et protégé par des portes de sécurité. Carlotta pianota le code 1234 et soudain, se retourna vers moi, indignée :

— Ne regardez pas !

— J'ai rien vu !

— Menteur ! Je viens de vous surprendre !

— Je regardais tes mains délicieuses !

— Mais quel démon s'est emparé de votre âme ?

— Une salope ! Une salope, une roumaine, une beauté sidérale qui m'a contaminé de toutes les maladies du monde. Je vais crever ! Je me fous de tout !

Casimir un index sur la tempe lui indiquait que j'étais complètement à la masse.

— Nous allons vous soigner mon fils, fit Carlotta, avec compassion.

— Non pas de docteur pour moi ! Je ne supporte pas !

Nous entrâmes dans le service-laboratoire du docteur Niente. Une odeur insupportable assaillit mes narines sensibles.

— Mais qu'est-ce que c'est que cette odeur ? fis-je, à

la limite de gerber.

— Cela sent un peu fort… acquiesça Carlotta.

— Un peu… Je suffoque ! C'est quoi ?

— De l'urine de bébé babouin.

— Mais qu'est-ce que vous fichez avec ça ?

— Le fameux sérum du docteur Niente pour la mémoire.

Casimir sursauta et pâlit. La vie venait de quitter son corps pourri et vieux.

— Hein ? Mais, c'est pas avec de l'urine de bébé… humain ?

— On a du mal à se procurer des bébés… même ici… Sauf à les acheter… Alors le docteur a expérimenté sur le babouin qui partage 98,8 % de nos gènes.

— Nan, fis-je, hilare… Tu vas devenir un singe….

Casimir, hors de lui, brandit un poing menaçant à mon égard.

— Tout est perdu ! laissa-t-il tomber avec emphase.

— Le sérum est très efficace ! rassura la sœur.

— C'est sur, fis-je, tout en essayant de rester sérieux.

Un petit homme, tout frêle et rassi, sec comme une brindille, trottinait et venait à nous. Ses yeux perçants nous détaillaient. Il s'arrêta sur Casimir :

— C'est vous qui m'avez contacté, n'est-ce pas ?

— En effet… mais…

— Pour notre petit arrangement… financier…

— C'est que…

— C'est l'odeur, fis-je, ça l'a refroidi. On peut comprendre…

— Je m'occuperai de vous plus tard, fit Niente en me dévisageant. Votre cas est… très grave.

Je ressentis un grand froid envahir mon corps. Mais je n'eus pas le temps de me ressaisir que déjà ce farfadet entraînait avec lui Casimir.

— Mais pourquoi, il a dit ça ? demandai-je à Carlotta.

— Venez avec moi, il faut faire des analyses.

— Des analyses ? Genre quoi ?

— Prise de sang, sérologies, prélèvement urétral…

— Dans ma queue ?

— En effet… C'est indolore…

— C'est toi qui vas le faire ?

— Je suis habilitée… Diplômée !

— Indolore, tu dis ?

— Absolument.

Elle tendit le bras et m'indiqua une salle de soin. Sur une paillasse, une cage avec un babouin tout mignon et tout con, assis sur son cul nu et les mains serrant les barreaux. Il me regardait en faisant non de la tête. J'aurais dû écouter le singe.

On devrait toujours écouter le singe. Mais j'étais « gravement malade »… alors… que pouvais-je faire ? Que pouvais-je ?

Et puis, peut-on douter de la bonne foi d'une religieuse ? Peut-on ? Et sinon, à qui se fier ? Je vous le demande…

7

Je vais vous entretenir de la notion d'infini... Je sais, quand on vous parle de ça à l'école, tout le monde décroche, les maths c'est pas vraiment une matière prisée en France... Mais peut-on illustrer mieux la notion d'infini qu'en montrant la duplicité féminine ? Peut-on ?

Avec LA femme, aucune limite, c'est la consternation et la fin de toutes les illusions, la destruction de tous les rêves d'innocence...
La sœur m'avait menti avec ses yeux doux ! Une religieuse ! Une nonne ! Quelle honte !

Je hurlais si fort que je brisais les verres de lunettes du docteur Niente, à sa consultation un peu plus loin avec Casimir et qui accourut affolé.
— *Qué passa* ? cria-t-il rouge de surprise, craignant un attentat ou pire une descente du fisc.
— Je ne jouis plus ! Je ne jouis plus ! pleurai-je, montrant mon sgeg mutilé.

Carlotta restait pétrifiée de stupéfaction avec son écouvillon dans une main, l'autre tenant mon Mojo.
—Carlotta, qu'avez-vous fait à ce pauvre homme ?

— Mais rien, je l'ai à peine touché ? C'est un... comment dit-on... un pusillanime !
— Je ne jouis plus ! Je ne jouis plus ! me plaignai-je, avec le visage de la contrition d'un saint martyrisé.
— Sœur Carlotta, lâchez cette verge !
— Mais docteur...
— Lâchez cette verge !

La sœur obtempéra avec réticence, déçue dans son élan de bourreau. Oui, c'est le mal qui l'animait à n'en pas douter, nous étions entrés dans le triangle psychologique de Karpman (bourreau-victime-sauveur).
— Mais le prélèvement ? fit-elle.
— On s'en passera ! La prise de sang ?
— Je n'ai pas eu le temps... Le patient est... phobique des aiguilles...

Elle se pencha vers Niente et murmura :
— C'est une chochotte !

C'en était trop pour moi. J'étais désormais impuissant, j'en étais sûr, j'en étais certain, ma vie était foutue ; au départ, elle était ratée mais à présent c'était la totale. Je sautai du divan d'examen et bondit par la fenêtre du deuxième étage, cul nu... courant ou plutôt faisant des bonds et m'enfuyant sous les regards ébahis des passants.

Alors, je vous arrête de suite. Je ne suis pas le moins du monde exhibitionniste. J'aime être nu et sentir ma queue ballotter entre mes jambes... J'aime qu'on me regarde, j'aime mon corps et je me trouve trop beau. Est-ce mal ? Est-ce condamnable ?

Je fus intercepté par la police cubaine, errant dans les rues, marmonnant et pleurant. On avait signalé un français fou échappé de la clinique par la fenêtre…

Quand je racontai mon histoire au *Commandante*, revêtu d'un gilet jaune fluo prêté par la Policia, il fut scandalisé et décida qu'on n'avait pas le droit de maltraiter un homme et qui plus est un touriste, de la sorte. Il me conduisit avec une escorte militaire conséquente à la clinique pour procéder à une enquête.

Le Docteur Niente accouru sur ses courtes jambes, portant ses lunettes de rechange.

— C'est une bourde, gémit-il, tout contrit. Cela n'arrive jamais ! C'est une incompétence qui sera sanctionnée fermement…

— Docteur Niente, vous étiez prévenu ! On vous surveille ! Vos expériences contre-nature… Regardez cet homme… Dans quel état, il est… Un pilote ! dit le *Commandante*.

— Je ne jouis plus ! Je ne jouis plus ! fis-je, avec emphase.

Oui, je l'avoue, j'aime me plaindre. J'en rajoutai un peu, car à présent je ne ressentais plus de douleur. Le docteur s'approcha de moi et murmura in petto :

— Mon ami, c'est un malentendu… Que puis-je faire pour vous… Comment dire ? Vous faire oublier ce malencontreux incident, la maladresse

d'une idiote...
— Je veux baiser la nonne !

Niente haussa les sourcils de stupéfaction.
— Comment ? Mais c'est...
— Je veux vérifier si je jouis encore... Je suis impuissant !
— Mais non... Elle n'a même pas pu... Vous avez toutes vos facultés, croyez-moi !
— Je veux baiser cette salope !
— Non ! C'est un outrage aux bonnes mœurs ! C'est une religieuse qui a voué sa vie...
— M'en fous ! *Commandante* ! criai-je.
— Tais-toi, racaille française ! On discute entre nous ! On parle quoi... gronda Niente, me serrant le bras.

Il ajouta, avec un sourire froid :
— Nous avons des tas de femmes ici qui seraient ravies...
— Des tas ? Des belles ?
— Des cubaines !
— Des jeunes ?
— Des cubaines !
— Beaucoup ?
— Plus que tu ne pourras...
— J'ai un appétit d'ogre...

Niente me regarda avec un air inquiet.
— Tu es très malade dans ta tête... Une thérapie...
— On me l'a déjà dit, mais je m'en fous. J'aime pas les docteurs !

Niente haussa les épaules.

— Tu ne seras pas déçu. Allons… nous sommes donc d'accord ?

— Ouais… Mais je veux baiser la nonne, AUSSI !

— Encore ? rugit Niente, excédé… Je vais voir ce que je peux faire… Je ne te promets rien… C'est tellement… odieux !

— Le goulag cubain, tu connais ?

— Racaille ! frémit le docteur qui alla droit à Carlotta, et qu'il entraîna à l'écart pour lui dire deux mots.

Carlotta passa par toutes les couleurs. Elle me regarda avec un regard… de haine, puis se signa trois fois, puis les palabres reprirent. Finalement, Niente revint.

— Mon ami, mon ami…

— Elle veut pas, c'est ça ? *Commandante* ! criai-je.

— Ta gueule ! murmura Niente, avec une crispation tangible. Elle ne veut rien savoir, elle préfère mourir que… avec toi ! Elle te prend pour un démon !

— Tu lui dis qu'il faut qu'elle rachète sa faute !

— Mais…

— Dieu a dit : *tu ne feras rien à autrui que tu ne voudrais qu'on te fît* ! fis-je avec solennité.

Le regard de Niente s'alluma de malice.
— Oui… J'entrevois… une opportunité.
— Grouille !

Niente retourna parler à Carlotta. Elle leva le

visage vers le ciel, mains jointes. Elle était divine, j'avais encore plus envie de la baiser, de la souiller, de la pervertir. Mais en avais-je encore les capacités ? Étais-je encore puissant ? Mon mojo aurait-il la force et la vigueur ?

À ce moment Casimir apparut, claudiquant d'une manière simienne, se grattant le cul et poussant de petits cris aigus. Il avait l'air complètement planté. Niente ouvrit de grands yeux et prit sa tête dans ses mains.

— *Madre mios* ! fit-il, avec consternation.

— On sent bien l'effet babouin, fis-je, tout à ma contemplation du vieux gaga.

— Silence, espèce de monstre démoniaque, fit Niente.

— Putain, c'était un génie ce mec… La vache ! La vache ! fis-je hilare.

Quand Casimir se mit à uriner dans le pot à fleurs, on s'affola. Il mordit et griffa le personnel accouru. C'en était trop pour le *commandante*. Il souffla dans son sifflet avec l'énergie de la colère. On interpella à tout-va et on ferma la clinique.

La situation était-elle pire ? La mémoire de Casimir était toujours aux abonnés absents et c'était ma seule chance de réhabilitation auprès de Youri. En proie au doute existentiel le plus absolu, je gagnai l'hôtel Beau Rivage, palace hors catégorie, aux frais du docteur Niente. Je suis délicat, je ne supporte pas la médiocrité, j'aime le luxe, c'est ma faiblesse.

Il me faut un minimum de confort. Ce n'est pas condamnable.

J'installai Casimir devant l'écran géant et lui mis un dessin animé qu'il regarda avec une attention soutenue. S'il n'avait pas été en espagnol, j'aurais regardé avec lui...

Dans le jacuzzi, je songeai à la pourriture de l'existence. Oui, j'ai des flashs d'introspection, ma conscience se rappelle à moi... À de certaines heures, j'aime philosopher. J'étais désabusé. Je me branlais pour l'hygiène puis, je mis un peu de Bach et m'endormis.

Comme Bach lui-même, je ne peux dormir sans entendre un peu de bonne musique. C'est le fait d'un grand esprit non ?

8

La vie n'est qu'une succession d'agonies avortées, de même que l'orgasme est une mort interrompue, une fragile et éphémère victoire de la vie, un non-sens, un contre-sens. La mort, cette imbécile immobilité, cette absence de mouvement cellulaire, ce néant stupide… et parfois tant désiré dans les affres de l'existence sordide qui n'est qu'une immense frustration des ambitions illégitimes…

Quoi ? Vous vous dites, mais qu'est-ce que ce dingue raconte ? Quel rapport avec l'histoire en cours ? C'est un constat ! Amer, j'en conviens, mais totalement lucide.

Je ne pus dormir que cinq minutes ! Pourquoi ? Parce que le téléphone que j'avais omis d'éteindre, sonna. Youri qui m'avait laissé une centaine de messages, SMS, mails… tentait une nouvelle fois de me parler.
— Lorenzo, espèce de…
— Mais bordel, je dormais ! J'étais enfin parvenu à…
— Tu as volé mon avion ?

— J'ai rien volé du tout ! Tu me prends pour un voleur ?

— Comme tous les français ! Tu vas me dire ce qu'il se passe !

— La merde ! La merde totale !

— Tu as crashé l'avion, c'est ça ? Mais qu'est-ce qui m'a pris de te demander un service... Passe-moi Casimir !

— Ça va pas être possible.

— Passe-moi Casimir, je veux lui parler ! Je l'exige !

— On ne peut pas lui parler !

— Ta gueule ! Lorenzo, écoute-moi, bien...

— Non. Tu vas dire des choses que tu vas regretter. Casimir... Comment dire ça avec un peu de doigté... C'est devenu une sorte de gros babouin... Il regarde des dessins animés et se chie dessus.

Un silence glacial comme la Sibérie, se fit. Youri digérait l'information que j'avais délivrée avec tact et douceur.

— Lorenzo, tu as bu ! Tu es camé à mort ! Dégénéré français ! Qu'est-ce que c'est que ces conneries !

— La vérité !

— Pourquoi les choses partent toujours en vrille avec toi ? Raconte-moi tout et n'omet aucun détail !

— Bah, tu sais que ce vieux con n'était pas très frais... Il sentait même carrément le sapin... Enfin, bref, on volait comme des 'zoziaux', peinards, en direction de Miami, et voilà qu'il me braque avec un *Makarov*, dotation KGB et me dit d'aller à La Havane. Tu penses, j'ai eu peur, j'ai fait dans mon ben…

— Arrête tes salades ! Tu es incapable d'avoir peur d'autre chose que des maladies ! Tu es complètement inconscient des conséquences de tes actes !

— C'est pas faux…

— Pourquoi il voulait aller à La Havane ?

— Un problème de santé. Il voulait voir un grand docteur Niente qui en réalité est tout petit, nerveux, semi-dégarni et… dans la merde…

— C'est une histoire de fou !

Un nouveau silence glacial. La colère froide, c'est la pire, non ? J'étais assez fier de moi. Je n'avais pas dit que Casimir avait perdu la mémoire… C'était fin, je dirais même plus, très fin.

— Il s'est passé quoi avec Amber ?

— Avec qui ?

— Lorenzo ! Ne joue pas avec mes nerfs ! Je suis déjà assez tendu !

— La roumaine ? Mais rien ! Tu crois quoi ?

— Tu l'as baisée et après ?

— Mais nan ! Comment tu peux penser ça ! On est amis ! Jamais je baise la femme d'un ami !

— Lorenzo ! Elle m'a dit que tu lui avais « ouvert les yeux » !

— Moi, j'ai fait ça ? À l'insu de mon plein gré, alors ! Parce que j'ai rien fait ! Attends, tu lui as parlé ?

— Évidemment. Je saurai tout, de toute façon… Je vais la faire revenir et on réglera les comptes… On réglera tout ! Ça va se payer tout ça !

— Mais j'ai rien fait ! Youri ! La vérité si je mens !

— Mmm ! grommela Youri, méditatif.

Nous restâmes silencieux pendant un long moment. Seuls les vrais amis sont capables de silences aussi longs sans que personne ne raccroche.

— Et Casimir finalement ? Tu dis qu'il est mal ? demanda-t-il enfin. Il est malade ?

— Le traitement de ce fou de Niente… À base de pisse de bébé Babouin, parce qu'il ne peut pas se procurer des bébés humains… Enfin, bref, il n'était pas terrible en entrant… mais en sortant… La cata. Complètement sénile. Je l'ai mis devant les dessins animés, il est content.

— Lorenzo… Lorenzo… Mais comment ça se fait qu'avec toi, les trucs les plus simples deviennent carrément dingues ! Comment ?

— C'est pas de ma faute ! Je lui avais dit de ne pas le faire ! Ce vieux fou…

— Tu dis qu'il est incapable de parler ?

— Il grogne, il pousse des petits cris… Il parle babouin quoi… Il babouine…

— Tu te fous de ma gueule, en plus ?!

— Mais non ! Tiens je lui passe le téléphone, tu vas constater par toi-même…

Je secouai le vieux singe et lui mit le combiné en main. Il grogna et s'agita contrarié d'être distrait de son manga idiot. Regardant le smartphone il poussa des cris stridents. J'entendis Youri hurler au téléphone et je repris la communication.

— Tu vois le problème ?

— C'est une catastrophe ! Je suis ruiné ! Mais qu'est-ce qu'il lui a pris d'aller voir ce charlatan ?

— Un problème… genre mental… Un truc…

— Lorenzo ! La vérité !

— Il avait des problèmes de mémoire quoi…

— Putain ! rugit Youri.

Un nouveau silence glacial se fit, puis il reprit ayant retrouvé un peu de calme :

— Pourquoi tu n'es pas reparti pour Miami ?

— J'avais une **grosse fatigue** ! Je suis contaminé par la salope Roumaine ! Je suis une victime !

— Hein ? Contaminé ? Comment ? De quoi tu parles ?

— Mais quoi ? C'est la vérité ! En plus ça s'est mal passé à la clinique… La *policia* s'en est mêlée…

— La police ? Mais tu as complètement merdé sur ce coup ! C'est 100 % de conneries le total de cette opération ! Tu sais que la police… Bordel ! Jamais la police !

— Tu me prends pour un cave ? Tu crois que je ne le sais pas ?

— Ne discute pas avec moi ! Tu me rends fou ! Comment Amber t'aurait contaminée… Attends… Tu as…

— Pas de conclusions hâtives. Je te dis que…

— C'est que tu as couché avec elle !

— Techniquement ?

— Je t'avais prévenu ! Je t'avais mis en garde !

— Elle m'a allumé ! Elle a décroisé les jambes… Elle

rend fou les mecs cette meuf ! C'est le diable.

— Pourquoi tu crois qu'elle t'a contaminé ?

— Mais c'est une pute roumaine ! Elle jouit pas !

— Elle quoi ? Elle n'est pas malade ! Elle est en parfaite santé ! Elle est parfaite, espèce d'idiot !

— Pourquoi je me sens super mal ?

— Ce n'est rien à côté de ce qui t'attends…

— Merde Youri, on est amis, non ?

Youri médita un long moment, puis souffla :

— Que comptes-tu faire à présent ?

— On doit revoir Niente. Enfin… s'il sort de prison… Il pourra peut-être réparer le vieux con…

— C'est possible ? sursauta Youri.

— Ça serait bien s'il pouvait être un peu continent, tu vois… Parce que là…

— Je me fous de sa continence… C'est sa mémoire dont j'ai besoin ! C'est vital… Je vais t'envoyer quelqu'un… Il faut remettre les choses dans l'ordre et arrêter les frais. Parce qu'avec toi…

— Nan… Je gère… N'envoie personne… *No problemo* !

— J'envoie quelqu'un ! Tu as fichu suffisamment de bordel comme ça !

— C'est qui ?

— Tu verras bien… Je suis très désappointé, Lorenzo ! Très !

— Non, mais attends… La situation peut sembler, de prime abord, un tantinet… comment dire… scabreuse… mais…

— Ta gueule !

La communication coupa, sèchement, comme le tranchant d'une lame aiguisée. Mon sort était scellé. Youri envoyait probablement une gâchette… faire le ménage.

J'étais trop jeune pour mourir, je n'avais pas réalisé tous mes objectifs de vie : baiser 1003 femmes, baiser dans l'espace, devenir riche, profiter de la vie, baiser la nonne, jouer sur tous les golfs de Floride… C'était trop injuste.

J'avais un avion… Je pouvais m'enfuir, disparaître… Changer de vie, devenir un mec honnête, trouver un travail, me lever tous les matins et aller au boulot. Aimer une gentille femme, un peu grosse et un peu moche, avec une voix agaçante… qui deviendrait vieille… Oui, je pouvais faire tout ça… Me fondre dans la masse, comme tous les autres… Comme tous les autres…

Je me rendis compte que je chialais en regardant mon chronographe *Breitling*… Cette évocation de la médiocrité humaine m'avait complètement déprimé. Non, je ne suis pas snob, mais il me faut un minimum de confort… Le strict minimum…

Je pris mon Mont-Blanc, une feuille de papier vélin avec le logo de l'hôtel, assis au petit bureau acajou de la suite, je commençai à faire mon testament avec beaucoup de dignité, d'une belle écriture cursive, totalement illisible… Rapidement, un morpion (le jeu) apparut sur la feuille, puis une équation différentielle, puis une courbe de Gauss… pour finir avec un dessin coquin… Elle ressemblait à Amber… La salope… Pourquoi les femmes sont si belles ? Pourquoi ? Pour me faire tant souffrir !

La magnifique pendulette à balancier dansait pour moi et ironiquement égrenait les secondes restantes de ma pauvre existence sacrifiée. Elle retardait de deux minutes, ma montre est un chronographe Suisse certifié ! Je passai un certain temps à mettre cette pendulette à l'heure et à jouer avec… Puis un sursaut d'indignation me frappa. Je saisis une nouvelle feuille avec une détermination ferme, l'heure était grave ! Il n'était plus temps de se disperser… de procrastiner.

De nouveau quelques mots s'échappèrent de mon stylo… Puis je me mis à démontrer que la somme des entiers de 1 à l'infini n'est pas infinie mais égale à -1/12, grâce à la démonstration brillante du mathématicien génial Ramanujan. Cela me prit toute la page. Je regardai avec fierté les équations et leur implacable justesse. C'était beau à la fois visuellement, mais surtout conceptuellement : la beauté apaise l'âme. Je me sentis mieux et comme rasséréné.

Envahi d'un enthousiasme neuf, je me dis que peut-être Casimir allait mieux. J'allai le voir. Il s'épouillait en se balançant d'avant en arrière avec la régularité d'un métronome. Je me perdis en conjectures : comment les gènes peuvent-ils stocker des comportements aussi complexes que l'épouillage ? C'était fou. La thérapie génique c'était vraiment grand et prometteur. J'étais admiratif.

Une seule constatation s'imposait désormais : j'étais foutu. Il devait-être deux heures du matin. On frappa doucement à la porte de la suite.

9

J'allai ouvrir avec une certaine lassitude, tout en regrettant le temps des majordomes ; je ne suis décidément pas fait pour cette époque décadente socialiste. Je tombai sur Niente et la nonne Carlotta.

— Mon cher monsieur Lorenzo, comment allons-nous ?

— Nous venons aux nouvelles, ajouta la belle nonne, souriante.

— Nous ? Pour ma part, je suis toujours vivant.

— Et ce pauvre Casimir ? demanda Niente avec inquiétude.

— Il s'épouille devant les dessins animés.

— Il faut que je le voie ! fit-il, avec l'air préoccupé.

Sans même attendre une invitation de ma part, le couple entra, toute leur attention concentrée sur le vieux, m'ignorant superbement. Mais que faut-il faire dans ce monde pour être plaint ? Je vous le demande !

Niente trottina jusqu'à moi.

— Il est bloqué à un stade de transcription… Il lui faudrait un choc émotionnel pour qu'il poursuive la maturation.

— Un choc émotionnel ? fis-je, tout en reluquant la nonne, penchée vers le vieux et tentant de le dissuader de se gratter le fondement. C'est alors que je surpris un éclair ou plutôt une flamme s'allumer dans l'œil du Babouin-humain.

— Genre sexuel ?

— Sexuel ? Mmm… oui pourquoi pas ? Le sexe c'est fort… c'est primal, cerveau primitif puissant… À quoi pensez-vous ?

— Il a envie de se taper la nonne…

— Arrêtez avec ça, espèce de malade ! Vous êtes addict au sexe !

— Bah, regarde-le…

Niente se concentra sur Casimir et fut consterné de l'expression de totale concupiscence du vieux.

— C'est… primal, c'est… normal, il faut bien en convenir à son stade de développement. C'est consternant, mais c'est la seule explication.

— Faut qu'il baise la nonne !

— C'est impossible ! s'indigna l'homme de science sans conscience.

— Pourquoi ?

— C'est ma femme, bordel ! explosa Niente, au comble de l'agacement.

— Tu te tapes la nonne ? Oh le salaud ! fis-je, scandalisé à l'extrême.

— Ce n'est pas ce que vous croyez, espèce de pervers… C'est compliqué… l'amour le plus pur…

— Tu tringles la nonne, tu la pistonnes comme une

brute…

— Cessez immédiatement ces allusions immondes ! se défendit l'honnête homme.

— Un examen gynéco approfondi… Une immersion en profondeur…

— Espèce de… Sale français !

Et voilà que Niente me sauta au cou et tenta de me garrotter ! La sœur se précipita pour nous séparer.

— Mais enfin docteur Niente, que vous arrive-t-il ?

— C'est ce tordu… ce maniaque sexuel ! Cette bête lubrique…

Carlotta me dévisagea :

— Je ne me donnerai pas à vous ! Jamais ! Plutôt mourir ! L'enfer plutôt que vous !

— À Casimir… C'est la seule solution pour lui permettre d'aller mieux, fis-je avec une pointe de perversité, je l'avoue.

— Qu'est-ce que vous dites ? s'étouffa la belle dodue.

Elle regarda le docteur qui faisait oui de la tête avec un air dévasté. La science a des impératifs et les sentiments les plus purs doivent céder la place.

— C'est impossible ! C'est odieux ! fit Carlotta scandalisée.

— Un choc émotionnel pourrait débloquer le processus interrompu… Depuis qu'il te regarde… son regard… C'est une évidence… expliqua patiemment, le docteur.

Carlotta jeta les yeux sur Casimir qui la dévorait

littéralement, comme un loukhoum juteux de miel.

— Mets-toi à genou, relève le jupon ! c'est pour sauver le vieux, fis-je en chantonnant gaiement pour détendre l'atmosphère, sans penser à mal, toujours prêt à rendre service.

Carlotta et Niente me regardèrent avec des envies de meurtre dans les yeux. Des fois je suscite des réactions surprenantes chez les gens. C'est dingue, incompréhensible.

— Il y a probablement un autre moyen, fit Carlotta. C'est tellement dégradant...

C'est alors que Casi-babouin se jeta sur la nonne et tenta de la saillir à travers sa robe, s'agrippant frénétiquement, pilonnant avec obstination sur un rythme bien trop rapide, synonyme de coït furtif ou comme on l'appelle poliment, hypocrite. La sœur se débattait et tentait de le repousser vainement.

Niente était consterné et tétanisé ; devait-il intervenir au risque de compromettre le résultat de son traitement et de perturber la marche de la science ? Quant à moi, j'avais la main dans mon caleçon, si le film était passé sur *PornYou*, j'aurais mis une quéquette bleue d'approbation... Même deux !

Peu à peu, le vieux progressait. On voyait à présent un mollet tout blanc et tout rond surgir de la robe agressée. Casimir semblait aller mieux, au lieu de grogner, il parlait :

— Baiser la nonne ! Baiser la nonne !

— Il parle ! fis-je au comble de l'amusement.

— Il se débloque… marmonna Niente, avec un certain ahurissement.

— C'est bon, alors ?

— C'est bon… Il mature… il mature…

— Il est trop vieux… Il a la queue molle… constatai-je.

— En effet, approuva le docte docteur. Érection déficiente… Déficit en monoxyde d'azote… Insuffisance circulatoire des corps caverneux…

— Je vais aller lui filer un coup de main, fis-je dans un élan purement compassionnel.

— Aidez-le… Oui, aidez-le ! fit le docteur, comme ailleurs, dans les sphères inaccessibles du pur génie.

J'approchai avec gentillesse et même une pointe de tendresse, queue en joie. Carlotta leva les yeux vers moi, ou plutôt mon mojo.

— Oh vous ! Ne vous avisez pas… Je vous la boufferai !

— Pourquoi lui et pas moi ? m'indignai-je. Moi aussi je suis un malade !

— Lui c'est un « vrai » malade ! Vous êtes la perversion démoniaque ! Lui c'est un devoir, vous ce serait…

— C'est trop injuste !

— Dites à mon mari, ce petit con de voyeur impuissant que ça se payera cher ! grogna Carlotta.

— T'es mariée ? Avec le doc ? Nan…

— Oui, secrètement, haleta la religieuse héroïque, toujours combative.

Tout à coup, Casimir eut un spasme de tout le corps et râla puis s'affaissa sur Carlotta, la tête douillettement accueillie dans les mamelles.

— Il est mort ? balbutiai-je ?

— *Madre mios* ! se signa la sœur.

— *Mierda* ! fit simplement Niente.

— Ça craint, fis-je en prenant le pouls du vieux.

Mais cela battait encore, cela ne voulait pas s'arrêter. Cet entêtement à vivre c'est tellement surprenant, à la limite agaçant. Finalement, il ouvrit un œil torve et glauque et regarda avec stupéfaction autour de lui.

— J'étais mal ! J'étais très mal ! fit-il, j'ai les dents qui poussent…

— Ah ! Vous revoilà, fit Niente avec satisfaction. Vous nous avez fichu une sacrée trouille.

— J'étais un singe ! balbutia Casimir en se frottant la tête. C'était horrible !

Me regardant, il ajouta avec un regard fou :

— C'était comme toi dans ton rêve avec la vieille… Quand tu étais un grand singe…

— Oui, hé bien, relevez-vous maintenant ! s'indigna la nonne, rejetant la tête du pauvre vieux de son corsage. C'est quand même gênant ! Vous devriez avoir honte, tous les deux !

— Oh… Ma sœur, ai-je été inconvenant ?

— Vous l'avez tenté, mon fils ! Vous l'avez tenté…

Vous avez voulu me saillir comme une chienne ! Mais heureusement, votre vigueur s'en est allée avec les années… Fort heureusement pour moi…

Carlotta se tourna vers moi, avec un regard noir :
— Lâchez votre queue, monsieur Lorenzo ! Lâchez cette queue ! Monstre !
— Ça va oui ? Je suis dans ma suite quand même ! Je me balade à poil si je veux !
— Il n'a pas tout à fait tort, s'interposa Niente, soudain mielleux.
— Quoi ? s'indigna Carlotta. Tu le défends ?
— Tu sais bien, ma douce… Nous avons besoin… Enfin, tu sais quoi !
— Ah ça… Pff !

Et le docteur me prit par le bras.
— Mon bon… Rangez votre pénis, voulez-vous… Ah, c'est mieux. J'ai toujours vu en vous, un homme sympathique… Surprenant, je l'avoue… aux mœurs… passons, mais plein d'un enthousiasme contagieux. Prenez-nous à bord de votre avion… Il nous faut absolument partir de ce pays… fuir, serait le terme exact… La situation devient… gênante.
— C'est genre illégal ! fis-je, scandalisé.
— C'est bien payé, fit Niente avec un clin d'œil, frottant pouce et index dans un geste sans ambiguïté.
— Combien ? On n'arrête pas de me promettre et finalement, que dalle ! Je veux voir le fric !
— Vous ne serez pas déçu !

— Combien ? La déception, c'est ma vie.

— Disons… Au moins…

— Je veux 100 000 ! Et baiser la nonne !

— 100 000 ? C'est exorbitant ! s'indigna le docteur.

— Tu veux émigrer clandestinement aux States ! Moi je risque gros… C'est 100 000 ou rien. Et la nonne.

— 50 000 et la nonne !

— Gonzalo Niente ! clama Carlotta, rouge de colère.

— Oui, bah des fois, il faut savoir se sacrifier ! Il faut faire un effort, ma chère ! expliqua Niente. Mettre de côté son petit égoïsme, faire preuve de…

— Attends peu, espèce de saligaud, rugit la gironde se précipitant sur le nabot.

Une dispute féroce s'engagea entre ce couple étrange. J'ai toujours dit que garder une femme trop longtemps ce n'était pas jouable, que ça finissait toujours mal.

Toutes les femmes se demandent pourquoi les hommes finissent toujours par en prendre une plus jeune ; c'est pour ça. Elles deviennent chiantes, peinent à jouir, toujours insatisfaites, impatientes, aigries en plus de devenir vilaines. L'âge rend les femmes vilaines à l'extérieur et à l'intérieur : la totale. Et surtout la question fondamentale que personne ne se pose c'est : pourquoi y a-t-il toujours une jeune qui dit oui au mec, même vieux ? Hein ? Pourquoi ?

Casimir restait pensif, prostré et contrarié. Il

comptait sur ses doigts, semblant faire des calculs.

— Alors la mémoire ? demandai-je, avec une pointe d'espérance.

— C'est encore confus.

— Confus, genre on va s'en sortir ?

— Pas exactement… Je me rappelle de mon adresse…

— Tu sais que Youri envoie quelqu'un… Il a dit qu'il est très désappointé…

— Ah ! s'exclama Casimir. Il envoie un nettoyeur ! Je préfère me jeter par la fenêtre ! Je ne supporterai pas la torture ! Je suis lâche en réalité.

Je retins le vieux qui se précipitait.

— C'est ça la formation KGB ? Tu te déballonnes au premier incident ?

— J'étais bureaucrate ! C'est pourquoi j'avais un petit pistolet ! Inconscient que tu es… Tu ne sais pas ce qui t'attends… J'en frémis ! Des trucs que tu n'imagines même pas !

— Bah… On ne meurt qu'une fois…

— Que tu crois… Il envoie le chinois ! J'en suis sûr !

— Qui ?

— Le chinois !

— C'est qui ?

— Un sadique ! Un monstre sans pitié… Un tortionnaire ! Il prend son pied à torturer ! Il faut durer… durer…

— Oui ben ça va, on a compris, fis-je en frissonnant.

— Les malheureux agonisent longtemps…

Je secouai le débris perdu dans ses pensées.

— Pff ! Le temps qu'il arrive ici… fis-je, dédaigneux.

— S'il t'a dit qu'il envoie quelqu'un, c'est qu'il est déjà là ! Tu ne connais pas Youri… Comment crois-tu qu'il est devenu ce qu'il est ?

— En volant beaucoup de cons…

— Sot !

Casimir se mit à tourner en rond tout en marmonnant en russe, ses mains tremblaient comme des feuilles secouées par la brise d'automne… ses doigts noueux et déformés d'arthrose se crispaient sur un espoir vain…

De leur côté, Carlotta et Niente en étaient venus aux mains. Et après on va me dire que les femmes sont douces et gentilles, en particulier les nonnes mariées ! C'est du foutage de gueule !

J'allai intervenir, cela était choquant de voir une religieuse bien que dépravée se battre, quand on frappa à la porte de la suite. Tout le monde se figea et finalement, Casimir se laissa tomber sur le canapé.

10

Avec une grande lassitude, j'allai ouvrir, bien décidé à la plus cruelle grossièreté envers l'importun qui se pointait chez les gens à deux heures du mat...

Un pingouin se trouvait sur le pas de la porte, avec le costume noir, la chemise immaculée, la cravate noire, les mocassins brillants. La seule note discordante, c'était sa taille, petite, très petite. Un pingouin nain, genre hobbit.

— J'ai rien commandé, dégage ! fis-je, tout en claquant la porte au nez de l'importun.

— T'es complètement dingue, fit Casimir qui se serait arraché les cheveux s'il avait pu en avoir suffisamment. C'était le chinois !

— Nan... Ça le chinois ? Tu...

Et voilà qu'on frappait à nouveau avec insistance. J'ouvris plus par curiosité que par esprit de conservation et malgré les gémissements de Casimir qui se terra derrière le canapé.

— Toi, Lorenzo ? fit le chinois.

— Non, c'est pas ici ! Dégage !

Je m'apprêtai à claquer la porte à nouveau mais

l'homme s'interposa farouchement.
— Tu as écrasé mon nez ! Toi Lorenzo, ta photo !

Et voilà que le type me montra l'écran de son téléphone arborant un portrait peu flatteur de moi. C'est dingue, mais j'ai toujours cette impression agaçante d'être très laid en photo. Pourtant je ressemble comme deux gouttes d'eau ou deux gouttes de mojito, à *Cloonez*… Alors vous allez me dire que certaines femmes n'aiment pas *Cloonez* et je vous répondrai qu'elles sont fracassées du cigare, qu'elles ont surchauffé leur neurone et puis c'est tout !
— C'est pas moi, je te dis ! T'as vu l'heure ? C'est un moment à venir emmerder les gens ? Hein ?
— Toi impoli ! Très impoli ! Très grossier ! C'est bien toi Lorenzo, le français !
— Je te dis que ce n'est pas moi !
— Youri qui m'envoie ! Il prévient moi !
— Hein ? Mais qu'est-ce que tu racontes ?
— Toi te foutre de moi ?
— Allô ? Je comprends rien ? Tu parles quelle langue ?
— Tu fous de ma gueule ? Tu méprises ! Toi raciste ! Tu comprends les mots qui sortent ma bouche ?
— Va apprendre à parler et reviens quand tu auras grandi, ma poule…

Le type était tellement choqué, décontenancé que j'eus l'opportunité de claquer de nouveau la porte sur sa face aplatie. Casimir sortit de derrière le canapé.

— On va souffrir ! On va avoir très mal ! Mais pourquoi tu le cherches ? Pourquoi ?

— Nan… Ça c'est ce que les femmes disent quand elles voient mon braquemart…

— J'ai vu votre pénis et j'affirme qu'il est tout à fait normal, fit Carlotta avec dédain.

— Alors toi la nonne scandaleuse… Quand on a une conscience aussi noire, on ne la ramène pas !

Je n'eus pas le temps d'ajouter une vacherie de plus qu'on frappait à nouveau.

— Putain ! s'exclama Casimir. N'ouvre pas !

— Si je n'ouvre pas, il va nous gonfler encore longtemps, le nain…

— N'ouvre pas… Bordel ! Mais qu'il est con !

Il fallait que j'ouvre, c'était plus fort que moi, s'il y a une connerie à faire, il faut absolument que je la fasse. Il faut que je voie, il faut que je tente… Je sais je suis irrécupérable.

J'ouvris.

— Tu claqué porte sur mon nez ! Toi malade dans ta tête !

— Attends, je t'explique…

— Toi, ta gueule ! Fini rire !

Et voilà le nabot asiatique qui me braque avec un mastard, genre un canon à main que même Harry Calahan (inspecteur Harry) aurait trouvé exagéré.

— Fini foutre ma gueule, petite vermine française !

— Écoute… tu cherches un Lorenzo… Je le connais pas ce mec. En plus des Lorenzo, y a en plein. Dans la cité, tout le monde s'appelait Lorenzo…

— Toi, Lorenzo ! Youri prévenu moi. Il dit : « méfie-toi, il est con ! Il est très con ! ». Toi, Lorenzo. Où le comptable est ?

— Qui ?

— Je vais buter toi ! Mais tu vas souffrir beaucoup avant ! fit le petit excité qui se rua dans la suite, flairant comme un limier.

— Bah, vas-y, tu me rendras service, parce que j'ai eu une vraie journée de merde. Et en plus, pas moyen de dormir…

— Tu fous encore de ma gueule ? Tu vois ça ? Plus puissant soufflant au monde ! Toi pas peur ?

— Mais non, mais… Attends… Nan, mais tu t'es vu ? Sérieux…

Et voilà. Le drame de ma vie. Je ne pus pas résister plus longtemps. Je piquai un fou rire terrible, j'étais plié en deux, impossible de me contrôler, malgré les menaces et la tête très contrariée du gnome.

Une détonation terrible retentit, un fracas assourdissant, suivi d'une sorte d'éboulement puis d'un cri suraigu. Le chinois venait de tirer au plafond, décrochant un lustre qui lui tomba sur la gueule. Empêtré et demi assommé, il se débattait avec ses petites jambes ridicules, comme une tortue sur le dos. J'en profitai pour le tataner à la mode de l'OM (« droit au but ») copieusement pour lui apprendre les bonnes manières.

— Tu taper, moi ? Tu taper moi ? s'indignait le chinois au comble de la fureur la plus noire. Attends… Tu vas souffrir, le français ! Je vais torturer toi très longtemps ! Technique chinoise !

Il tenta d'esquiver quelques coups. Puis ajouta, un tonitruant et injuste :
— Basané !

C'était rude. Je redoublais d'efforts. Bon, je l'avoue, je me suis fait plaisir. J'aime taper les petits, c'est gratifiant, pour une fois qu'on peut prendre la place de bourreau dans le jeu de la vie...
Me voyant faire, Casimir sortit de sa planque et vint me prêter main forte. Armé d'un plateau à alcools, il tabassa le nain avec beaucoup de joie. Nous fûmes rejoints par Niente et la nonne dans une bastonnade en règle.

Un groom et le directeur arrivèrent en trombe, tout essoufflés et regardèrent la scène avec stupéfaction, la porte étant restée ouverte.
— Ce type m'a braqué son flingue dans la poire ! fis-je.
— C'est intolérable ! fit le directeur. Dans mon hôtel ! Emportez ce monsieur et jetez-le dehors.

Puis s'adressant à moi :
— Cela n'arrive jamais ici ! C'est...
— Nous ne restons pas une minute de plus dans cet hôtel, s'interposa Casimir. Nous partons ! Se faire rançonner dans un palace !
— Mais... balbutiai-je, surpris.

Casimir me serra le bras.
— Lorenzo, pour une fois, ferme ta gueule ! Laisse-

moi faire. On se tire ailleurs ! me fit-il en aparté. Si le chinois nous retrouve, on est… Il vaut mieux ne pas y penser. Une telle chance n'arrive pas deux fois.

— Tu veux qu'on parte maintenant ? On va aller où ?

— Miami ! On finit notre voyage, comme c'était prévu.

— Youri va…

— J'ai retrouvé la mémoire. Tout ! Je te dis que j'ai tout ! Ça va s'arranger. J'expliquerai à Youri.

— Mais putain, je n'ai pas dormi !

— Tu dormiras là-bas !

— Oui, oui, partons vite, fit Niente.

— Ne traînons pas ici, plus longtemps, renchérit ma nonne, la *Policia* va arriver !

—J'ai pas dit que vous venez avec nous, fis-je.

Carlotta me regarda avec une douceur surprenante. Il faut se méfier des femmes gentilles. En général, la femme est méchante de nature !

— Je suis prête à faire certaines concessions… fit-elle, baissant les yeux et rougissante comme une pucelle en proie à une poussée hormonale qui découvre son mojo.

— Tu ne vas pas me jouer la sérénade en plus, fis-je. Tu es mariée, la grosse ! Ça change tout ! T'es obsolète !

— Gonzalo ! Il m'a traitée de grosse ! fit Carlotta en secouant son mari. Tu ne vas rien dire à ce malotru ?

— Il n'a pas tout à fait tort. Ton indice de masse corporelle…

Niente ne put pas finir, souffleté par la sœur outrée. Il me regarda avec l'air qu'ont tant d'hommes mariés : l'abattement le plus complet, la désillusion totale. La femme est une briseuse d'illusions. Il m'entraîna à l'écart pour entretenir.

— J'ai un immeuble de rapport à Miami, cent chambres, avec les latinas les plus belles de l'état… Un investissement que j'avais fait au cas où… m'expliqua le doc. Il faut toujours avoir un plan de secours, hein ? Vous serez largement récompensé, vous pouvez avoir confiance en moi.

— Je veux 100 000 boules et un tour gratuit, *all inclusive* dans ton bordel ! Je veux toutes les attractions, la totale !

— Tu l'auras ! Tu sais que tu pourrais en mourir… Il y en a qui ont essayé…

— M'en fous ! Chacun son poison. Moi c'est l'amour des femmes ! Je suis trop sentimental…

— C'est un obsédé, fit Carlotta, un démon lubrique, une QUEUE ! Il faudrait le castrer comme les chiens mordeurs !

Elle se signa trois fois et me fit les gros yeux. Vexer une femme est la pire chose qu'un homme puisse faire. C'est même pire que de se foutre de la gueule du chinois. Pire.

— On les emmène, on s'en fout, fit Casimir impatienté. Ils se démerderont avec les autorités au cas où. « Nous » avons beaucoup d'amis sur place.

Il médita quelques secondes puis ajouta :
— Mais tu ne penses qu'à ça ? Tu as une queue à la place du cerveau, ma parole.
— Moi j'arrive à bander, fis-je, cassant comme Brice de Nice au meilleur de sa forme.

Casimir haussa les yeux au ciel, consterné et... cassé !

Nous fîmes rapidement nos bagages et partîmes pour l'aéroport. J'étais bougon. Il me fallait travailler et je déteste ça, en plus je n'avais pas dormi depuis... Je ne comptais plus... J'étais à moitié zombie. Piloter dans ces conditions c'était un rien risqué.

Je pensai que je n'avais que peu de temps de vol à faire pour joindre Miami et qu'une fois dans la propriété de Youri, je pourrais me reposer enfin. Il n'était pas exclu que je repose en paix (RIP), d'ailleurs.

Dire que le vol se passa sans encombre ? L'aéroport international de Miami, au petit matin gris avec tempête tropicale, vent cisaillant et pluie torrentielle... Je n'aime pas ! Je déteste ! Se poser en crabe sur une piste détrempée n'est pas une sinécure. C'était limite le crash parce que je ne pouvais compter que sur moi seul pour tout faire, piloter, communiquer, naviguer. Casimir était tétanisé et crispé sur les accoudoirs de son siège. C'était un bureaucrate pétochard en réalité, lui pilote de Mig ? Maintenant j'en étais convaincu, c'était du flan.

— Casi… Tu n'es pas pilote, en vrai ?

— J'ai quelques heures de vol sur *Antonov* d'entraînement, fit-il, les mâchoires serrées.

— Combien d'heures ?

— Deux heures !

— Pourquoi tu n'as pas continué ?

— Les nerfs ! J'étais trop…

— Sensible ?

— On peut dire ça comme ça.

Je regardai le comptable. Finalement, Youri s'était bien fichu de ma gueule depuis le début de cette aventure ; en réalité, il n'avait pas volé que je baise « l'amour de sa vie ».

Enfin, maintenant que nous étions à Miami, nous étions sauvés. Les problèmes étaient derrière nous. Au sens propre.

À peine l'avion stoppé et les moteurs éteints, Carlotta et Niente en profitèrent pour s'éclipser sans même dire au revoir. Occupé au pilotage et aux procédures de parking, mort de fatigue, je n'eus pas la présence d'esprit de réagir quand je les aperçus courant sur le tarmac par le hublot du cockpit à gauche. Et voilà qu'encore une fois, l'argent promis s'envolait, qu'on me volait odieusement. Casimir me pressa le bras :

— Laisse tomber ces ingrats ! S'il le faut, nous les retrouverons. « Nous » avons beaucoup d'amis à Miami. De toute façon, Youri te dédommagera...

— Il veut me faire la peau, rappelle-toi ! Tu as promis de lui expliquer !

— Je ferai de mon mieux. Tu m'as tiré du pétrin... Je n'ai qu'une parole. *Davaï* !

Pourquoi ces mots sonnaient creux à mon oreille ? Pourquoi je l'ai regardé sans pouvoir coincer ses yeux fuyants et je n'ai pas réagi autrement ? J'avais une grosse fatigue !

— Et maintenant ? fis-je, avec lassitude.

— Va t'occuper des formalités... Je trouve un taxi.

Ne traînons pas, nous avons à faire.

L'idée me vint de disparaître de la circulation, me faire oublier dans un bordel, laisser retomber toute cette histoire… Si j'avais eu le fric… mais j'étais fauché ; sans argent aux States, tu es mort, alors ?

Je filai au bureau des douanes et déposai mon plan de vol et mon manifeste, je signai les documents, jurai de ne pas être un trafiquant ni un terroriste. Je m'attendais à y retrouver les flics de l'immigration serrant Niente et Carlotta et venant me demander des comptes. Mais non. Ces canailles s'étaient bel et bien évaporées.

En revenant avec mon vieux sac défraîchi, traînant les pieds, dans le hall VIP, je ne trouvais aucune trace de Casimir. Je me serais mis des baffes tant je me trouvais con. Il s'était tiré le salopard, avec le magot de Youri dans sa mémoire et me laissait dans la merde ! Là, j'étais vraiment au bout de ma vie.

Je me suis assis dans la luxueuse salle presque vide et silencieuse. Mes yeux me brûlaient de fatigue. Je me suis dit que j'allais les fermer quelques secondes… Quelques secondes seulement…

Une odeur de cigarette et de *J'adore* (Dior) me fit revenir à la réalité. La première chose que je vis, ce fut de longues jambes croisées gainées dans un collant résille… Des jambes de déesses au galbe parfait. Je réalisais qu'une femme était assise à ma droite. J'eus un sursaut et me redressai.

Une beauté brune, longs cheveux lisses et soyeux, lunettes noires, petit nez retroussé, une bouche aux lèvres pourpres, dans une robe crayon noire. Les bras croisés, elle fumait tranquillement, me dévisageant.

— Youri m'envoie… Je suis mademoiselle Parker, dit-elle d'une voix glaciale.

— Connaît pas de Youri… Vous faites erreur.

Elle esquissa un sourire et releva ses lunettes, exposant des prunelles émeraude absolument fascinantes. Cette créature était vraiment le feu dévorant un mec normalement constitué. Elle avait l'assurance d'une femme entre trente et quarante ans… Plus rien ne pouvait la surprendre.

— On fait appel à moi dans les situations… catastrophiques. Je règle les problèmes… Je devrais dire que je les fais disparaître. Bien entendu, mes tarifs sont à la hauteur de mes services.

— C'est non fumeur, ici, madame ! fis-je, essayant de lui casser son effet.

D'un geste économe, elle laissa tomber sa cigarette et l'écrasa soigneusement de son escarpin.

— Satisfait ? dit-elle.

— Bah, il y avait un cendrier juste là… La femme de ménage…

— Lorenzo !

— C'est pas moi !

— J'espérais un peu plus de bonne volonté de ta

part… Je regretterai…

J'étais prêt à gicler et m'enfuir en courant : mais je ne suis pas le genre à me déballonner devant une poupée Barbie.

— Tu regretterais quoi ? Tu vas me taper ? Toi ? T'as pas peur de te casser un ongle ?

— Moi ? Non, je suis plus subtile que ça. Mais lui, oui !

D'un index à l'ongle vernis assorti au rouge de ses lèvres, elle m'indiqua un gorille en faction à la porte automatique.

— Ah… Ton mari ? Il est vilain ce mec…

— Lorenzo ! s'agaça la belle.

— Mais quoi ? Je te dis que c'est pas moi Lorenzo ! Je ne connais pas de Lorenzo !

Elle m'attrapa d'une main étonnamment ferme par le col.

— Alors écoute-moi bien, petite crapule ! Je suis une professionnelle ! Ton nom est marqué sur le badge que tu as au cou, connard ! De toute façon, un français miteux et mort de fatigue dans un hall VIP à Miami, il n'y en a qu'un !

— J'ai dormi longtemps ?

— Ça fait une demi-heure que je poireaute… Tu vois, je fais des efforts de courtoisie.

— Merci, madame… Je suis Belge.

— Appelle-moi encore madame et ça va barder pour toi, petit con !

— OK OK. T'es susceptible comme meuf.

Elle sortit (d'où) son smartphone et de suite commença une discussion animée.

— Il est là ! Non aucune difficulté, il dormait comme un bébé dans le hall des vols privés... Un français, ça se repère de loin. Fauché, défraîchi, paumé... Aucune classe. L'avion ? Il est là... Le comptable ? Non. Personne d'autre.

Elle me passa le téléphone.

— Il veut te parler.

— Youri ? Mon ami Youri ?

— Lorenzo ! Mais bordel ! Tu vas me rendre dingue ! Tu sais que ma tension fait des bonds ! De rage, j'ai licencié toute une usine en Chine !

— C'est pas ma faute ! Youri, je suis une victime, faut me croire !

— Lorenzo, ta gueule. Où est le comptable ?

— Il s'est tiré, c'est une racaille ce type, même pas un pilote. Il a retrouvé la mémoire et...

— Il a retrouvé la mémoire ?

— Ouais, je te dis... Remarque c'est grâce à moi... J'ai déclenché un truc dans sa tête... Il voulait baiser la nonne, mais il n'y arrivait pas...

— Mais de quoi tu parles ? Je ne comprends rien ! Lorenzo, tu as malade ! Ce que tu racontes est totalement incohérent !

— Nan ! Je suis clean ! J'ai rien mangé, ni bu depuis... Bah, le caviar à 2000 boules dans l'avion pendant le vol transatlantique...

— Le Béluga ? Mmm... Mais enfin, le comptable !

— Ouais, il m'avait promis de te parler et de

t'expliquer pour Amber… Tu sais, je n'y ai pas vraiment touché à ta meuf, ça compte pas en réalité.

— On réglera le problème Amber plus tard ! Le comptable !

— Il m'a dit « va régler les formalités, je trouve une voiture », et pouf… Plus personne ! Et moi j'ai plus une tune, parce que j'arrête pas de raquer, tout le monde me promet du blé et personne paye !

— Repasse-moi Adèle !

Non, il y a des parents qui appellent leur fille Adèle ? Quand je pense qu'on dit de moi que je suis sadique… Et il y en a qui prennent leur pied à pourrir la vie de leurs enfants… On croit rêver.

— C'est quoi cette meuf ? demandai-je.

— Repasse-moi Adèle !

Je fis mine de chouraver son *iPhone* à la gravure de mode… Elle s'agaça grave. Cette femme n'a aucun humour comme toutes les femmes trop belles. Ça leur monte à la tête.

— Je liquide ? Mmm… Tu es sûr ? Tu crois que… Lui ? Pff ! Un français, une racaille en réalité… Bon… Je m'en occupe. Ce sera fait, mais ce n'est pas drôle. Hein ? Que je me méfie de… C'est une blague ? Lui ? Le Chinois ? Il est ? Nan… Tu as fait appel au Chinois avant moi ? Je suis choquée ! Ça mérite une rallonge de 20 %… Mmm… Bon. Salut.

Elle raccrocha et me fusilla du regard. Que pouvais-je faire ? Je lui souris benoîtement.

— Mais d'où tu sors, fit-elle agacée.

— Du 9-3, tu connais ?

— Viens, on rentre, dit-elle en se levant brusquement.

— Pars devant, je fais un saut aux toilettes…

— Lorenzo ! Tu me prends pour une conne ?

— Je monte pas en voiture avec toi.

— Pourquoi ?

— J'ai peur !

Elle me prit le bras et se colla à moi surjouant la câlinerie.

— Tu as peur d'une faible femme ? Tu n'as rien à craindre… Tu as confiance en moi non ? D'ailleurs… un type de ton calibre ? Un mec qui a tabassé le Chinois ?

— Bah, c'est un nabot ce type… Je n'ai pas de mérite. Et il était agaçant, je ne comprenais rien à ce qu'il racontait.

Elle pouffa de rire. La Bentley arriva et elle m'y poussa sans vergogne, me touchant les fesses sans la moindre retenue. J'aime qu'une femme me pelote, il ne me viendrait pas à l'esprit de crier au harcèlement, limite je trouve ça trop rare.

Sous une pluie battante et un ciel plombé, nous roulâmes en direction de la propriété de Youri, enfin, je l'imaginais, dans le confort feutré et le luxe absolu. J'aime trop cette sensation ineffable, même si je ne suis pas à l'aise quand je ne conduis pas.

— On peut s'arrêter quelque part, je meurs de faim, demandai-je.

La moindre occasion de m'éclipser était bonne à prendre. Cette mademoiselle Adèle Parker ne me revenait pas. Elle leva les yeux au ciel. Manifestement, ce n'était pas une option.

Je regardai en douce ce visage parfait, couvert d'un voile léger de fond de teint. Vraiment, cette femme était… une torture pour un mec comme moi.
— C'est fini, oui ? fit-elle, nerveusement.
— Mais quoi ?
— Arrête de mater !
— Moi, je mate ?
— Oui ! Oublie ça, ne te fais aucune illusion !
— C'est rude ! Je dirais même plus…
— Pff ! Vous les français, vous êtes incroyable de présomption ! Non mais tu t'es vu ?
— Tu devrais baiser plus souvent. Tu es belle mais pas gracieuse, toi ! La misère.
— Il me dit quoi, l'avorton ?
— La vérité ! Tu fais pitié.

Et voilà qu'elle se jeta sur moi, me boxant le buffet, coups dans l'estomac, comme une boxeuse pro. Par bonheur, j'étais à jeun total, en réalité affamé de bouffe et privé de sexe depuis trop longtemps. J'avais les crocs. Je laissais mes mains en profiter. Me sentant violer son intimité, elle redoubla de fureur, ce fut une bagarre totale à l'arrière de la voiture, l'un passant sur l'autre, puis l'inverse.

— Oh Oh Oh ! s'exclama le chauffeur. Il se passe quoi ?

— Tais-toi et conduis, rugit la furie.

— On va se vautrer avec l'autre agité, répondit-il.

— Je gère ! fit la valkyrie. Ah ! Espèce de tordu ! Retire ta main de là !

— Il fait quoi ?

— Qu'est-ce que c'est que cette chose ? s'étonna la pimbêche. Comment tu as fait pour la sortir ? Ce mec est un malade ! Ne touche pas à ça ! Arrête ! Oh ! My God ! Il est dingue ! Il grogne comme une bête !

— Ça va mal finir, moi je vous le dis, fit le chauffeur.

Et tandis que la voiture faisait des embardées sur la route, un outrage aux bonnes mœurs se déroulait à l'arrière. Mon Gonzo s'était échappé de mon boxer et il avait terriblement faim.

— Lorenzo, je vais te buter, je te préviens ! Je t'aurais prévenu ! Mais putain, c'est une robe à 2000 dollars ! Oh ! Le con ! Il a osé ! Retire-la ! Retire-la ! Oh ! Mais non ! Je t'interdis de... Oh !

La voiture finit pas s'arrêter et le gorille fit irruption à l'arrière. Ce qu'il vit le laissa pantois.

Mademoiselle Parker me chevauchait dans un galop frénétique, ses mains crispées sur mon cou dans une tentative vigoureuse pour me suffoquer. Sa robe crayon en loque laissait voir ses seins danser au rythme de la cavalcade, ses cheveux volaient. Une expression de colère et d'extase mêlée se lisait sur son beau visage que de belles couleurs empourpraient.

— Mademoiselle Parker ?

— Victor, je t'ai dit que je gère ! Dégage !

— Vous êtes sûre, parce que…

— Tu la baises avec moi, connard ! fis-je, retirant les mains de mon cou et les emprisonnant dans ma pogne sans difficulté. Mais regarde ce corps parfait, il y a des centaines d'heures d'institut de beauté, de soins, de crèmes, d'épilation… Elle dépense plus par mois pour être belle que ton salaire… Rien que sa robe… Tu pourrais mettre tes gosses à l'université. Mais putain, des types avec notre physique… jamais on ne peut se taper des bombasses pareilles. Profite ! *Viva la révolucion !*

— J'avais pas pensé à tout ça, mec… Tu as raison, tu sais…

Le pauvre vieux dévorait des yeux ce corps impudique et cette chatte bouffant mon Gonzo avec voracité. La belle s'indigna :

— Victor, n'écoute pas ce Français révolutionnaire de merde. C'est un vicieux. Il a l'air d'un déchet humain, mais c'est un manipulateur disruptif. Il t'enfume. Il a tabassé le Chinois… Oh putain… Il cache bien son jeu, ne te laisse pas… Oh, misère… manipuler !

— Mon pote, sort ton sgeg et profite ! Mais regarde ce cul ! Bordel, t'es une tarlouze ! fis-je tout en montrant le rêve au pauvre type.

— C'est que c'est ma patronne, aussi…

— Bah, une armoire comme toi, tu trouveras un autre job sans problème, un hispano, mal payé et sans assurance sociale. C'est plein emploi en ce moment aux States, non ?

— Je suis cubain…

— Bah, je viens de ramener en douce deux compatriotes à toi dans mon zinc.

— Ah ouais ?

— Docteur Niente et sa nonne de femme.

— Docteur Niente ? Très connu, grand docteur. Il a un bordel géant pas loin d'ici…

— Tu me dis quoi ? Tu sais où ?

— Bah, tout le monde connaît, un supermarché du sexe.

— Il me doit un max de blé, ce cafard. On y va de suite.

Je dégageai la bimbo comme un sac de patates, rangeai mon Gonzo et rajustai mes frusques.

— Je prends le volant, tu permets ma poule ? Montre-moi le chemin, dis-je.

— Mais… Moi j'ai pas encore…

— Pff… C'est bien parce ce que je suis un mec cool. Tu as cinq minutes.

— Victor, je t'interdis de… Victor tu es viré ! Lorenzo ! J'aurais ta peau ! Un jour tu me supplieras…

— Ouais, ouais… Je sais… J'ai l'habitude. D'abord, quand on s'appelle Adèle, on ferme son clapet.

— Petit con !

Je claquai la portière et pris le volant.

— Frérot, dis-moi l'adresse, je trouverai avec le GPS.

— 3845… Ocean drive… grogna le gorille en pleine action, rouge de l'effort surhumain pour maîtriser la furie.

Je démarrai en trombe le W12 monstrueux. J'avais du fric à chercher. On peut plaisanter avec tout, sauf avec le blé.

Quand il s'agit d'argent, je suis un vrai pro.

12

Je n'en croyais pas mes yeux. Un immeuble de six étages, des néons, un parking géant et rempli, des filles dans les vitrines. Un truc pareil, moi j'y aurais laissé ma santé et tout mon fric. Ça devrait être interdit par la loi, pour cause de salubrité publique.

Je sortis Victor de la voiture.

— Mon pote 1000 boules pour toi si tu m'aides. En cash.

— Je fais quoi ?

— Tu me suis. T'es armé ?

— Toujours.

— Viens.

Dans la voiture la furie hurlait et maudissait, probablement frustrée d'orgasme, tentant de rajuster sa robe pour retrouver un peu de dignité et ce n'était pas gagné.

— Victor, tu bosses pour moi et pas pour ce malade ! cria-t-elle par la fenêtre, dépoitraillée.

— Bah, madame Parker, tu m'as viré…

— Il y a un préavis !

— N'écoute pas cette hystérique, viens frérot.

Rappelle-toi que c'est grâce à moi que tu as pu baiser la salope !

— Je vais avec Lorenzo. Désolé mademoiselle Parker.

On fit irruption dans le hall. J'avisai la maquerelle à l'accueil :

— Je viens voir Niente, fis-je.

— Vous avez rendez-vous ?

— L'immigration, avec moi, fis-je désignant Victor, n'a pas vraiment besoin de rendez-vous…

Elle blêmit et s'empara de son phone, s'ensuivit une discussion en espagnol, puis une caméra, l'œil dans le ciel, se pointa sur moi.

— Il vous attend. L'ascenseur, là-bas ! fit-elle, d'une voix blanche.

On s'engouffra dans la cabine et nous dûmes subir la musique horripilante qu'on s'acharne à vous imposer dans les ascenseurs luxueux.

— Dis, Lorenzo, faudra le boxer ?

— On verra. Je te dirai.

— C'est quoi le signal ?

— Le signal ?

— Ouais, pour que je boxe ?

— Bah, je dirai… Casse la gueule du connard.

— C'est cool.

Un silence pesant se fit.

— Elle était bonne, mademoiselle Parker ? demandai-je, poliment.

— Oh oui ! Trop bonne. Merci mon pote. Ça faisait

vachement longtemps que j'en rêvais…

— C'est rien. Une bonne baise de temps en temps ça fait du bien.

— Ouais, t'as raison. Bosser avec toi, c'est cool, dit-il sérieusement.

Je souris. Ça fait plaisir d'être enfin reconnu pour ses mérites. Pour moi c'est rare qu'on me complimente. Très rare. Trop rare !

En sortant de l'ascenseur, nous tombâmes sur Niente, trottinant à notre rencontre, un sourire mielleux sur les lèvres.

— Ah, mon ami Lorenzo ! Mon sauveur !

— Racaille ! Tu t'es tiré en douce ! Tu me dois du blé !

— Il le fallait, c'était le mieux, crois-moi… Je ne voulais pas t'attirer d'ennuis avec les autorités. Qui est ce monsieur ?

— C'est Victor. Moyennant un petit supplément… Il pourra oublier ton existence.

— Mais bien entendu, je vais régler ce que je te dois… On avait dit 10 000, je crois…

— On avait dit 100 000 : tu as voyagé en jet privé. Ne commence pas…

— C'est que… Je n'ai pas une somme pareille…

Là-dessus, Carlotta se pointa. Pour un peu, je ne l'aurais pas reconnue, en jean moulant et petit haut.

— Tu ne vas pas payer ce qu'il demande ! C'est de l'extorsion !

D'un geste désinvolte, j'indiquai Victor à Carlotta.

— Qui est… ce monsieur ?

— L'immigration, fit Niente, baissant la voix et tentant de la modérer.

Carlotta et lui s'écartèrent pour discuter. Cela ne me disait rien de bon, l'ex-nonne me jetant des regards incendiaires par intermittence. Je fis signe à Victor de se tenir prêt. Il opina du chef.
Visiblement la Carlotta m'en voulait toujours à mort de l'avoir repoussée et traitée de grosse. L'amour propre des femmes n'est jamais à négliger ou à maltraiter. Elles peuvent tout pardonner sauf les affronts d'honneur. Je sentis qu'il fallait la jouer finement.
— Hé, vous deux ! fis-je avec impatience.

Ils se tournèrent vers moi, elle surtout agacée, les poings sur les hanches, nullement impressionnée.
— Je veux mon fric et baiser la nonne ! C'était convenu ! Inutile de discuter ! fis-je avec l'aplomb du voyou.

Carlotta ébranlée, s'approcha hésitante, stupéfaite, amusée et flattée.
— Cela n'avait plus l'air de t'intéresser… Tu me l'as fait comprendre très grossièrement, gringo !
— Je ne t'avais pas vue comme ça… Tu es trop belle ! Ça change tout !
— Mais c'est ma femme, bordel, s'indigna le vieux Niente. Ça ne va pas recommencer ! Il y a tout ce qu'il te faut ici…
— 20 000 et moi, fit la belle Carlotta avec fierté,

bombant le torse, essayant de m'entuber en même temps.

— 50 000 et toi… Mais t'as intérêt d'être bonne.

— Tu ne seras pas déçu… *Vamos, ombre* ! Tu vas connaître le plaisir avec une vraie femme.

Elle m'entraîna vers une chambre magnifique avec un lit géant, sous le regard dévasté du vieux Niente.

— File 1000 boules à mon pote en attendant, fis-je en me retournant.

Il leva les bras et les yeux au ciel et se dirigea vers un bureau. Je laissai le vieux et Victor ensemble.

Carlotta commençait à se dévêtir, ne cessant de me regarder, indécise, méfiante.

— Remets ta robe de religieuse, demandai-je. Je veux te trousser…

— Mais tu es un vrai pervers, toi ! Un démon ! fit-elle en éclatant de rire, se détendant.

— Ça te choque ?

— Non, au contraire, j'adore ! Je reviens… Quel malade tu es, alors !

— Mets des dessous sexy… Ça m'excite !

Elle se précipita à la salle de bains en gloussant.

Vous vous dites que je venais juste de me taper la sublimissime mademoiselle Parker et que je ne devais plus être en état de… Détrompez-vous ! Il y a des hommes qui ont ça dans le sang. C'est une question d'entraînement, c'est un sport : beaucoup pratiquer, pas de tabac, pas d'alcool.

Quand elle revint dans la chambre, vêtue de sa robe noire de religieuse, avec sa coiffe, son air pur et compassé, si loin de la salope, j'eus une érection de dingue. Non je ne suis pas un grand pervers ! Tout le monde a le droit d'avoir des fantasmes.

Les femmes adorent jouer la comédie, c'est une deuxième nature chez elles. Elle me fit le grand numéro avec les cris authentiques de la vierge dépucelée. Je dévorais la Carlotta avec une certaine frénésie, la laissant ravagée et en vrac.

En revenant dans la grande salle, je trouvais Victor regardant la télé et mangeant des chips. Quant à Niente, il se bouchait les oreilles et fermait les yeux, assis à son bureau. L'argent était sur la table. Je fis main basse.

— Merci. Ce fut un plaisir, dis-je, sobrement.

Il émergea de sa torpeur et me regarda avec un air mauvais.

— Quoi ? C'était le deal ! fis-je, un peu honteux, j'ai une conscience.

— Tu es une bête ! Un monstre ! Ce que tu as fait à ma femme… C'est ignoble. Tu l'as… Je ne trouve pas les mots…

Carlotta arriva en peignoir, toute souriante et se colla à moi amoureusement :

— File-lui une rallonge poussin, il est trop adorable ce Lorenzo, dit-elle à son homme.

— Qu'est-ce que tu me dis ? *Puta diabla* !

Une dispute terrible s'engagea entre les deux : les hispano ont le sang chaud. Je décidai de partir sans demander mon reste.

Nous étions de retour dans l'ascenseur avec la musique niaise.
— T'as baisé la femme du vieux ?
— Bah ouais.
— Elle était bonne ?
— Tu vas pas le croire, mais mieux que la pimbêche de mademoiselle Parker. sur une échelle de un à dix, je lui donne huit.
— Ah quand même.
— Le vieux t'as filé le fric ?
— Ouais. Ça roule.
— C'est cool.

Un silence se fit, mais entre nous, pas de gêne. On est cool.
— Tu baises toutes les femmes que tu croises ? finit-il par dire après mûre réflexion.
— Bah, en même temps… si on peut joindre l'utile à l'agréable. Merde, j'ai des besoins !
— Respect. T'es fort comme mec, en fait.
— Merci.

De nouveau, je ne pus réfréner un sourire de contentement. Finalement, ce Victor était un type bien.
Oui, c'est trop rare, les gens qui m'apprécient. Je sais que je l'ai déjà dit.

En arrivant à la Bentley, je constatai que mademoiselle Parker était au volant, cigarette au bec.

— Qu'est-ce que vous avez foutu, bande de cons ! Et ne me dites pas que vous avez baisé une pute !

— Il a baisé la femme de Niente, fit Victor, moi j'ai regardé la télé et...

Mademoiselle Parker me regarda avec un air de dégoût total, comme si j'étais le pire mec de l'humanité ou presque, la cigarette lui tomba de ses jolies lèvres. En un mot, elle était choquée : comment un mec pouvait baiser une autre femme après elle ? Cela était inconcevable selon son référentiel, la mettant au sommet de l'échelle féminine.

— Montez dans la voiture ! commanda-t-elle.

Elle démarra en trombe.

— On va où ? fis-je. J'ai une dalle... une dalle de chacal ! Je boufferai un bœuf...

Elle me regarda avec animosité, crispant ses mains sur le volant. Vraiment, elle était en rogne. Des fois j'ai le don de pousser les femmes à bout, même quand je ne fais rien. Parce qu'en général, je suis innocent, mais allez donc comprendre les femmes.

13

Comment m'étais-je fourré dans une telle panade ? Je fais trop confiance aux gens, je suis un type trop gentil en réalité et aussi, je ne peux m'empêcher de considérer la vie comme un jeu. Le problème c'est que les autres ne jouent pas.

Attaché à une chaise métallique très inconfortable, dans un vieil entrepôt poussiéreux, des docks du port de fret de Miami, j'attendais avec anxiété la suite des évènements qui seraient pénibles à n'en pas douter. Cela ne s'annonçait pas bien pour moi, parce que la belle brune en avait gros contre moi. Elle hurlait au téléphone en conversation avec Youri.

— Ce malade, cet animal lubrique m'a violée dans la voiture... Si, c'est possible avec ce dingue ! Cela ne m'étonne pas que le Chinois se soit fait avoir. Le garde du corps ? Retourné, comme s'il lui avait lavé le cerveau... C'est une histoire de fous ! Ce type est dangereux... Dès qu'il ouvre la bouche on ne comprend plus rien à rien. C'est un manipulateur, un mentaliste... Tu comprends que je dois marquer le coup... C'est une question de réputation. Ne t'inquiète pas, il dira ce qu'il sait… avant… Salut.

D'un geste lent elle reposa le téléphone. Sachez qu'une femme qui lâche son téléphone, c'est mauvais signe. Elles le gardent en main, même pendant l'amour. Elle me fit face et s'approcha lentement, les yeux brillants et fixés sur moi.

— Toi, tu vas souffrir, petit con.

La souffrance, c'est simple, je ne supporte pas. Je suis déjà hypocondriaque à mort, alors, imaginer des blessures et des séquelles… C'est au-dessus de mes forces.

— Je vais tout te dire ! beuglai-je, affolé. Écoute, c'est pas la peine de s'énerver… Attends, qu'est-ce que tu vas me faire ?

— Tut tut tut ! Tu vas souffrir d'abord… Beaucoup. Tu parleras après.

— Nan ! Je dis tout ! Je parle ! Je supporte pas les sévices physiques ! Fais pas ça ! Je suis sûr qu'on peut trouver un arrangement. J'ai du fric !

— Enfin… tu avais…

— Voleuse !

— Ce n'est pas vraiment du vol… Vu que tu n'en auras plus besoin… Inutile de laisser perdre. Tu comprends qu'il faut que je te torture un peu ? Tu m'as violée, salaud ! C'est puni par la loi ! Tu dois payer !

— Non… T'étais comme une folle sur ma queue. Tu voulais m'étrangler en plus…

Et voilà qu'elle s'assit à califourchon sur mes cuisses, me collant et me parlant tout contre mon visage. Elle était brûlante et me donnait des sueurs. Je suis hyper sensible de l'entrejambe, je frémis.

— Nan, écoute, j'ai la queue sensible… Te tenir comme tu le fais… osai-je.

— Quoi ? Ça te gêne ? Pauvre chou…

— Ça va me faire bander… Putain, je bande !

— Petit con ! s'indigna-t-elle. Comment peux-tu penser à ça en un moment pareil ?

— C'est pas ma faute, c'est ma queue.

— On va bien s'occuper d'elle.

— Non pas ça ! N'y touche pas.

— Tu as peur ? Oui, tu es mort de peur !

— J'ai baisé deux fois déjà… Une fois de plus et je vais crever…

— Ne t'inquiète pas pour ça. Tu n'imagines pas que je vais te donner du plaisir en plus. Non ce sera plus expéditif.

— Du plaisir, toi ? Ça non ! Tu en es bien incapable. Peine à jouir comme l'autre l'Amber la roumaine, la meuf de Youri, « l'amour de sa vie »… Pff ! Avec toi c'est une punition, pas comme Carlotta la nonne.

Elle s'empourpra et se leva promptement, tournant autour de moi comme un fauve.

— Tu oses me comparer à… Mais il est incroyable !

Elle me gifla méchamment et agrippa mon doux visage.

— Tu vas me payer tout ça… Fini de te foutre de ma gueule. J'ai ma dose. Je vais me régaler !

— Mais quoi ? J'ai dit que la vérité… Je vais tout te dire !

— Tais-toi !

— On fait quoi patronne ? demanda tout penaud, Victor, désolé de la tournure des évènements.

Mais le boulot c'est le boulot et Victor était un vrai pro. Il devait son préavis.

— Laisse-nous. Va faire un tour. Je te sonnerai si j'ai besoin de toi ! cingla la belle brune.

— Patronne, tu vas pas… C'est mon pote, Lorenzo…

— Dégage ! Je ne suis pas d'humeur.

— OK OK.

Et nous revoilà tête à tête avec cette folle complètement allumée, le regard inquiétant, énervée comme une puce.

— Tu ne veux pas boire une camomille et te calmer un peu ? tentai-je.

Pour toute réponse, elle dégrafa mon pantalon et sortit mon Gonzo tout joyeux. Elle le serra très fort.

— Tu dis que tu ne supporteras pas un coup de plus ?

— N'y touche pas… De toute façon… Toi tu ne sais pas y faire… Pas comme Carlotta. T'es nulle comme meuf… Complètement… Ah… Pas ça !

— Quand j'en aurais fini avec toi, tu me demanderas de te la couper ! fit-elle en commençant à me branler sans ménagement.

— Pitié ! J'avoue tout ! Je dis tout ! Tu veux savoir quoi ? Je sais rien, mais je dirai tout ! Ah !

— Je m'en fous de tes conneries ? Moi, je suis nulle ? Je suis la meilleure et tu le sais très bien. Le meilleur coup que tu as eu ! Dis-le !

— Oui, tout dans le style, l'apparence, rien d'autre… en réalité… Une coquille vide. Ah… Arrête de suite !

— Tu vas regretter toutes tes insultes, petit Français merdeux.

—Je suis Belge… Ah !

Elle s'acharnait sur mon Gonzo, les yeux rivés sur ma souffrance, prenant un plaisir sadique de domination. Je n'en pouvais plus et par ailleurs, rien ne venait parce que j'avais déjà beaucoup donné. C'était l'horreur.

— Ah ! C'est trop ! Ah ! J'ai baisé cette salope d'Amber-Natalia la Roumaine… dans l'avion… Je lui ai tout fait… J'y ai même collé une banane…

Elle s'interrompit, intriguée.

— Une banane, tu dis ? Tu l'as fourrée avec une banane ? Tu as osé faire ça à une femme ?

—Ouais ! Il fallait que j'essaye tout… Elle jouit pas ! Elle peut plus… C'est une pute Roumaine la meuf à Youri… Elle est belle, ça… C'est une déesse… Toi à côté c'est *Ugly Betty*… Ah ! Mais c'était une question d'honneur tu comprends ?

Elle reprit sa torture avec encore plus

d'acharnement et de rapidité. Elle allait faire du feu avec ma queue.

— J'ai pas pu lui résister, elle m'a allumé… Elle a décroisé les jambes, la salope… Je pouvais rien faire d'autre…

De nouveau une pause.

— Elle a décroisé les jambes ? Ce vieux truc éculé ? Mais tu es un ado attardé en fait ?!

— Elle n'avait pas de culotte, bordel ! Ah !

Elle se releva consternée, constamment désarçonnée de mes sorties.

— Mais qu'il est con ce mec ! Moi non plus j'ai pas de culotte, tu l'as ruinée ma culotte ! Et alors ?

Et voilà qu'elle releva sa robe chiffonnée et me montra son joli minou. De suite, j'ai giclé sur elle à la surprise générale. Elle en resta ébahie de longues secondes, catastrophée et gluante.

— Mais il est pas possible ce mec ! Du sperme sur ma robe à 2000 dollars ?

— Tue-moi, Adèle ! J'en peux plus… Ah… Un bon geste… Je suis trop mal, là ! Je n'en puis plus…

Et là, trou noir. Je perdis connaissance. Probablement que la fatigue accumulée, le jeune prolongé… les coïts multiples… Enfin j'étais HS.

Je repris conscience en entendant une discussion animée. C'étaient les voix de Youri, Adèle et Victor. Manifestement, Youri avait fait le déplacement depuis la France. La situation était donc grave. Je n'étais plus ligoté sur la chaise, mais je reposais sur un vieux matelas à même le sol. Le jour baissait, une lumière de coucher de soleil passait par les vitres semi-opaques de crasse du toit de l'entrepôt.

— Il est mort ? demanda Youri avec une pointe d'inquiétude.

— Je ne sais pas ce qu'il a ! Il a perdu connaissance ! C'est une chochotte ce mec, je n'avais même pas commencé.

— Qu'est-ce que vous lui avez fait ? Je vous avais dit d'y aller doucement ! C'est un ami quand même.

— Mais rien !

— Elle l'a torturé à mort ! Le pauvre Lorenzo, il hurlait, ça faisait pitié, s'indigna Victor.

— Victor, la ferme ! gronda la brune.

— Vous lui avez fait, quoi ?

— Torture sexuelle... Plus une pression psychologique... Remarquez, plus un jeu... Mais rien, en réalité ! Il m'a énervée... Il a une manière de parler aux gens, de dire des choses blessantes avec une telle facilité... J'ai un peu perdu le contrôle... Il est toxique ce mec, très perturbant.

— Ce n'est pas du tout professionnel, Adèle.

— Ce type est insupportable !

— Il a parlé ?

— Il a dit qu'il a baisé une certaine Amber, une Roumaine, avec une banane...

— Oh le con ! Je l'avais prévenu ! J'avais bien insisté, je l'avais mis en garde !

— Il a dit qu'elle l'a allumé en décroisant les jambes... Un truc vieux comme le monde. Elle ne portait pas de dessous…

— Oh le con ! répéta Youri avec consternation. Avec une banane ? Mais pourquoi une banane ?

— Il a dit qu'elle ne jouit pas, elle ne peut plus. Il a parlé d'honneur… Il dit n'importe quoi, il est fou.

— Elle ne jouit pas ? Mais alors… Avec moi… elle…

— Bah, elle simule comme toutes les femmes.

— Assez, Adèle ! Vous m'agacez ! Je vous dispense de vos commentaires.

— Je disais ça, pour vous…

— Et le comptable ? demanda sèchement Youri, visiblement pressé de changer de sujet.

— En fait… on n'a pas eu le temps d'aborder la question. Mais ce n'est pas un problème. C'est un peureux Lorenzo, il ne supporte pas l'idée de torture, il dit tout sans forcer…

— Vous n'avez pas… Mais c'était le plus important.

— Monsieur, il revient à lui, indiqua Victor.

J'avais ouvert les yeux et me redressait avec difficulté, accablé de courbatures. Youri se pencha vers moi.

— Lorenzo, mon ami Lorenzo.

— Youri, mon ami, Youri.

— Comment vas-tu ?

— Je vais mourir.

— Mais non, voyons.

— Elle m'a branlé à mort.

— Elle t'a… quoi ?

— À mort ! Je suis détruit ! Je ne sens plus ma queue !

— Je suis sûr que ce n'est pas… grave. N'est-ce pas mademoiselle Parker ?

— Il fichera peut-être la paix aux femmes maintenant… Pendant un certain temps.

— Adèle ! s'indigna Youri.

— Mais ce malade m'a violée dans la voiture, et cinq minutes plus tard il se tapait une prénommée Carlotta.

Youri se retourna très contrarié vers la belle brune renfrognée.

— Vous ne devriez pas vous en vanter ! C'est lamentable. Vous, une professionnelle aguerrie, une ancienne…

— Oui, bah, avec ce type… On ne sait plus ce qu'on fait. Il m'a eue par surprise… C'est comme le Chinois. La chance du débutant. N'empêche !

Youri, se tourna de nouveau vers moi.

— Lorenzo, mon ami… Tu as baisé combien de fois aujourd'hui ?

— Je ne sais plus. Je ne compte plus. Trop je crois…

Youri dodelina du chef avec consternation.

— Tu vas en crever un jour.

— Je sais.

Nous restâmes un moment à nous désoler sur la vie…

— Tu as baisé Amber ?

— Oui… Non en fait… Elle jouit pas. C'est pas vraiment baiser, techniquement.

— Elle ne jouit pas… J'ai appris ça… Tu comprends

mon immense déception… C'est rude pour un homme amoureux… La salope… Elle m'a bien eu…
— Les femmes sont une misère. Je t'avais prévenu, mon ami.

Mademoiselle Parker s'interposa, rouge de colère.
— C'est fini, oui, vous deux et vos conneries. La pauvre fille ! Ce n'est pas parce qu'elle ne jouit pas qu'elle est incapable d'aimer ! Vous êtes des porcs !
— Mademoiselle Parker ! cria Youri, très contrarié. Vous êtes mon employée, ne l'oubliez pas ! Restez à votre place.

La belle brune fit un geste grossier et s'éloigna, en profitant pour allumer une cigarette. Youri éclata :
— La salope ! Mais qu'elle salope !

Il arpentait la pièce avec agacement, plongé dans d'intenses réflexions existentielles sur l'honnêteté féminine. Il n'avait pas fini de tourner et d'user la semelle de ses mocassins hors de prix sur le sol crasseux de cet entrepôt.

Finalement, il revint se poster devant moi.
— Relève-toi, mon ami, ne restons pas dans ce bouge poussiéreux. C'est immonde ici. C'est mauvais pour mes allergies et cela me déprime.

Je me relevai péniblement. J'avais mal aux burnes.
— Mon fric ? Ils m'ont piqué mon blé ! Voleurs ! fis-je désignant la fumeuse, soudain remonté comme une puce.
— Hein ? s'étonna Youri.

— Il est là… On te l'a gardé… indiqua Victor.

— Ouais… dis-je avec humeur.

— D'où ça sort ? Non, attends, je ne préfère pas savoir… dit-il, profondément désabusé par la vie.

— Tu sais Youri, faut pas t'en faire pour le comptable. Il disait toujours « nous avons beaucoup d'amis à Miami ». On doit pouvoir facilement le loger, le Casimir, c'est un bureaucrate…

— Hein ? sursauta Youri.

— Au Moujik, firent d'une même voix mademoiselle Parker et Victor.

— Au Moujik ? C'est quoi ? Hé !

Je n'eus pas le temps de réaliser que j'étais fourré dans la Cadillac Escalade de Youri. Il était probablement venu de l'aéroport international avec ce véhicule pour retrouver mademoiselle Parker.

On fonçait. Il m'expliqua sommairement :

— Le resto d'un mafioso Tchétchène. La diaspora Russe s'y retrouve… J'aurais dû y penser. Il y a un bonus pour toi, si je remets la main sur le comptable.

— Bah tu me dois déjà un max de blé en réalité.

— Lorenzo, mon ami… Tu ne seras pas déçu. Tu me connais.

— La salope m'a torturé à mort par ta faute, quand même.

— C'est moi que tu traites de salope ? aboya mademoiselle Parker.

— Alors toi… fis-je, la pointant du doigt avec une expression dégoûtée.

— Tu sais très bien que je suis la meilleure ! Tu en crèves !

— Nan, tu es vilaine en réalité, sans ton maquillage et tout le reste. Tu t'es vue ? Ta robe est un vrai sac !

— Y en a marre ! Là c'est trop ! Attends, tu vas voir !

C'est une manie chez cette femme de se jeter sur moi dans les voitures. La bagarre recommençait.

— Oh ! Mais c'est fini, oui ? s'inquiéta Youri.

— Je vais le tuer, ce petit con, et puis c'est tout ! Vermine !

— Mademoiselle Parker, ressaisissez-vous !

— Youri, elle me touche la queue !

— Mais vous êtes dingue ! On va se vautrer ! hurla le chauffeur.

— Mais comment c'est possible que ta queue soit encore sortie ? s'étonna la belle brune.

— Elle fait ça toute seule… C'est pas moi !

— Arrêtez ça de suite ! ordonna Youri, tentant de nous séparer.

— C'est moi la meilleure ! Dis-le, connard !

— C'est pas toi ! Dans tes rêves ! Même tes seins, c'est du silicone !

— Mes seins ? Je vais te faire bouffer tes dents…

— Arrêtez tous les deux ! beugla Youri. On dirait des gosses ! Prenez une chambre dans un hôtel et soulagez-vous ! Vous êtes malades !

Cette Parker était carrément insupportable. Le genre de fille que je déteste le plus au monde et pourtant, je suis tolérant avec les femmes. Mais là… C'était juste pas possible.

14

La voiture stoppa dans une banlieue sordide et l'on nous jeta dehors sans ménagement. Le jour tombait, le quartier était glauque. Le SUV repartit en trombe, nous laissant sur la chaussée comme deux cons. Pendant quelques minutes, j'espérai voir apparaître la Bentley conduite par Victor qui aurait dû nous suivre, mais rien.

Adèle et moi, nous avions l'air de deux clochards, échevelés, fripés, débraillés. Elle marchait droit devant elle, serrant sa robe pitoyable sur elle, tirant sur sa cigarette nerveusement.

— Tu vas où ?

— Je m'en fiche ! Loin de toi ! Espèce de malade !

— C'est pas la joie ce coin. C'est pas cool...

Elle s'arrêta et me fixa :

— Lorenzo... Hors de ma vue !

— Je ne peux pas te laisser comme ça... Il va t'arriver des bricoles ici, une femme seule...

— Je sais me défendre, je suis une grande fille ! Tu t'inquiètes pour moi ? Toi ?

— Bah oui... Tu me prends pour un salaud ?

Elle pouffa de rire et recommença à avancer.
— Ce serait bien qu'on trouve un taxi… fis-je pour rompre le silence pesant.
— Ne me parle pas !
— OK.

Nous marchions sur une avenue sans fin… Sans but… Dans une ville inconnue… Finalement, mademoiselle Parker sortit son smartphone et commanda un Uber. Il fallait bien reconnaître que cette femme ne manquait pas de ressources.
— C'est cool… Perso, je suis tellement mal que je n'arrive plus à penser. Faut dire qu'une folle m'a torturé…
— Tais-toi !
— Une sadique…
— C'était le boulot ! Rien de personnel.
— Ouais… On dit ça pour soulager sa conscience.

Elle stoppa et me fit face :
— Jamais tu arrêtes ?

Elle était capable de me sauter de dessus en pleine rue. Je préférai calmer le jeu.
— Bah… OK. OK.
— Je suis la meilleure, tu le sais très bien !
— Heu… Non !
— Tu es puéril ! Tu me fais pitié. Un vrai gosse ! *Looser* !

La voiture arriva, mademoiselle Parker s'y engouffra et me claqua la portière au nez.

Manifestement, je ne serais pas du voyage avec elle. Elle s'éloigna dans la nuit me laissant seul.

J'en ressentis un inexplicable sentiment d'abandon. Un grand silence se fit autour de moi. Le calme, enfin. La paix. J'étais las. Je décidai de m'asseoir sur le banc d'un arrêt de bus.

Je constatai que mon téléphone n'avait plus de batterie mais cela ne m'a même pas contrarié. J'étais au-delà de ça, désormais.

Je fermai les paupières pour soulager mes yeux. Juste quelques secondes… Le temps d'une respiration.

Combien de temps restai-je assoupi ? Je ne saurai le dire.

J'entendis klaxonner. La Bentley était là, Victor m'appelait par la vitre ouverte, côté passager.

— Lorenzo ! Monte !

— D'où tu sors ? T'étais où ?

— Panne d'essence ! Cette voiture c'est une soiffarde ! J'ai dû marcher des kilomètres… La galère.

Je bondis dans l'habitacle feutré sans me faire prier. Les affaires reprenaient.

La prudence aurait été de filer à l'aéroport et repartir en France, fuir ces histoires de milliards qui rendent les gens capables de tout et surtout du pire.

Mais Youri me devait un max de blé. Non, je ne suis pas cupide, je suis un Français, pauvre comme tous les Français. J'ai froid tous les hivers ! Aussi, quand il s'agit d'argent, je prends sur moi, je me surpasse.

— Ramène-moi chez Youri.

— Et mademoiselle Parker ?

— Elle vit sa vie… De toute façon, qu'elle qui compte… Cette femme est un monstre d'égoïsme !

— C'est pas faux… Tu sais, moi j'étais pas d'accord… Enfin… C'était le boulot.

— Ouais… On oublie… On oublie et on avance.

En arrivant chez Youri, l'accueil glacial de la sécurité me fit douter. J'échangeai avec une femme froide et distante parlant dans l'interphone.

— C'est Lorenzo !

— Connais pas de Lorenzo !

— Le pilote !

— Le pilote ? Il était attendu depuis hier ! Vous vous êtes perdu en route ?

— C'est compliqué.

— Compliqué ?

— Bah, j'ai été violé, torturé, bastonné, volé… Regarde-moi ! J'ai l'air d'un clochard !

La caméra me scruta.

— Vous êtes un clochard !

— Nan… Au départ j'étais beau et classe… Trop cool comme un pilote quoi ! C'est cette femme complètement malade…

— Je ne comprends rien à ce que vous racontez !

— Mais je peux tout expliquer… Tout a merdé dès le départ avec cette Amber…

— Amber ? Vous connaissez Amber ?

— Bah… c'est compliqué… J'avais dit à Youri que je le sentais pas ce plan…

L'interphone resta muet de longues secondes. Je pensais que la femme à qui je parlai m'avais jeté. Puis sans un mot, les battants monumentaux de la propriété cédèrent le passage. La voiture s'engagea dans l'allée bitumée impeccable et arriva devant le complexe démesuré très moderne.

J'avais imaginé que la Bentley faisait partie du parc de véhicules de Youri. Il n'en était rien. C'était une location faite par mademoiselle Parker. Cette pimbêche avait des goûts de luxes, c'en était scandaleux.

Victor me salua et repartit.

Je montais promptement le perron de marbre et arrivait sur une monumentale porte en cèdre qui s'ouvrit sans un bruit. Une femme, blonde, coupe courte, arriva : pantalon noir bouffant, chemisier cachemire blanc, yeux maquillés, collier de perles… La quarantaine accomplie, hautaine, limite dédaigneuse. Elle me toisa et m'invita à entrer.

— Youri m'avait dit de venir ici à mon arrivée… commençai-je, un peu impressionné par cette beauté froide, non, en réalité surpris est le mot juste.

— En effet, c'est ce qui était prévu…

— Je devais l'attendre ici avec Amber et Casimir…

— Ce bon Casimir… Où est-il ?

— Le salaud s'est tiré ! Il m'a lâché…

— Ah… Et… Amber ?

— Elle s'est tirée à Londres… Une histoire de dingue !

— Vous allez me raconter tout ça, mon ami…

— Je ne voudrais vous vexer… Mais c'est plutôt genre confidentiel. Je ne vais pas déballer les affaires de Youri à la gouvernante…

— J'ai l'air d'une gouvernante ?

— Bah… en même temps…

Elle consentit à sourire et cela la rendit immédiatement très belle.

— Je suis Léna, la femme de Youri.

— Nan… Sérieux ? Oh la la ! Appelez-moi un taxi, j'ai une course urgente à faire…

Elle me prit le bras et m'entraîna dans un salon immense meublé avec un goût certain : une télé géante habillait un mur : le top de la déco intérieure.

— Lorenzo, c'est ça ? Je crois deviner que Youri a omis de vous parler de moi.

— Ouais… enfin non… Enfin…

— Français ?

— Belge. J'ai émigré. La France ça me tuait.

— Vous avez bien fait. Vous me plaisez beaucoup, vous savez. De prime abord, j'étais méfiante, vous faites pitié… je l'avoue… Vous buvez quelque chose ?

— Je ne bois pas d'alcool. Mais une orange pressée – je précise – pas un jus d'orange d'une bouteille…

Elle pouffa de rire de mon exigence ridicule.

— Carmella, mon petit… appela-t-elle.

Une servante en uniforme apparut et pris les instructions de la maîtresse de maison.

— Si vous avez une entrecôte et des frites… J'ai rien becqueté depuis… m'en rappelle plus.

— Apportez à monsieur ce qu'il demande.

— Une part de tarte aux pommes, ce serait le top.

Léna fit signe à la domestique d'aller et se dirigea vers le bar se servir une vodka.

— Vous êtes impayable, mon ami. J'aime les hommes francs et directs… Je déteste les menteurs et tricheurs… comme…

— C'est beau chez vous… madame. J'aime trop !

— Appelez-moi Léna ! Je sens que nous allons devenir les meilleurs amis du monde ?

— Ah bon ? C'est cool ! Je vais pouvoir crécher ici, alors ?

— Mais oui, nous ne manquons pas de suites… Je me sentais bien seule dans cette immense résidence mégalomaniaque, mais avec vous, j'ai l'impression que l'on va s'amuser un peu.

Carmella m'apporta la collation que je dévorai sous les yeux ébahis et amusés de Léna. J'avais l'air d'un réfugié de zone de guerre à qui on donne un *MacDo*.

— Je leur ai dit que j'avais une dalle de chacal ! Mais elle s'en fichait cette tordue !

— De qui parlez-vous ?

— Mademoiselle Parker ! Complètement

siphonnée, celle-là !

— Qui est-ce ?

— La personne envoyée par Youri… Pour régler les problèmes.

— Ah ? D'habitude, c'est le Chinois.

— Le nain ? Je l'ai bastonné ! On ne comprend rien quand il parle !

— Vous avez ? Non… Vous ?

Elle éclata de rire.

— Vous avez bastonné le Chinois ?

— Oui, à l'hôtel à Cuba. Ce type était vraiment chiant. D'habitude je tape pas les petits… Mais lui, une vraie tête à claque. Encore du gâteau, madame !

— Léna ! Appelez-moi, Léna, soyez chou…

On m'apporta la tarte entière que je tortorai avec voracité, y compris les miettes. Oui, je suis un pouilleux de Français ! Je suis pauvre, j'ai la dalle !

— Qu'est devenue cette mademoiselle Parker ?

— On s'est battu dans la voiture… Youri nous a jeté dehors dans un coin pourri, *downtown* Miami ! La zone. Galère totale.

— Vous vous êtes battu aussi avec cette femme ? Vous vous battez avec les femmes ? C'est très mal !

— Une folle ! Elle m'a violé et torturé ! Une vraie maniaque ! Elle se croit la « meilleure », la plus belle ! Elle a un égo démesuré…

— Vous dites qu'elle vous a violé ? Un type comme vous ? Qu'entendez-vous par là ?

— Par là ? J'entends plus rien… Branlé à mort, je vous dis ! Tel que vous me voyez, je suis une victime ! J'allais crever !

Elle se retint au bar de peur de tomber, buvant maintenant mes paroles.

— Comment ? Qu'est-ce que vous racontez ?

— Branlé à mort ! J'ai failli claquer ! Surtout que j'avais baisé la Carlotta, la nonne, juste avant.

— Vous avez couché avec une nonne ? Une religieuse ?

— Ouais, mais c'est pas une vraie nonne… C'est la femme de Niente en réalité. Elle, elle était chaude… Une vraie douceur… Pas aussi belle que la Parker… mais un vrai bonheur. Vous comprenez, l'homme a besoin de douceur…

— Je ne comprends absolument rien à ce que vous me racontez, vous savez ? C'est suréaliste !

— Je vous avais dit, c'est compliqué. Moi-même quand j'y repense… Mais j'avais dit à Youri que je le sentais pas ce plan… Ça a merdé dès le début avec cette Amber…

— Ah ! Parlez-moi d'elle !

— Nan… Ce serait pas… judicieux. Je vais encore avoir des emmerdes. Je le sens pas.

— Buvez un petit Cognac avec moi, mon ami, pour la digestion.

— Non, jamais d'alcool. C'est mauvais pour les performances sexuelles.

— Vraiment ? Vous êtes sûr ?

— Bah oui.

— Vous ne buvez jamais, alors ?

— Nan. Je préfère baiser. J'espère que je ne vous

choque pas... Des fois je dis des trucs et les gens se formalisent.

— Mais non. J'aime la franchise, si vous saviez... Les hommes directs qui ne font pas des coups en douce... Les hypocrites je déteste. Les vicieux qui mentent à leur femme...

Un silence se fit. Léna ne cessait de me fixer. Elle était distinguée cette femme. La classe. Et finaude aussi... Et dire que j'ignorai que Youri était marié. Dès le début je ne sentais pas cette histoire. Et voilà que la femme de Youri me cuisinait sur Amber. C'était chaud.

15

Léna m'invita à la suivre dans le BYOTR : le fameux *backyard of the residence* que les américains trop riches se délectent à exposer sur *Insta*. Et là c'était la totale : une piscine aux formes tourmentées, art moderne, le jacuzzi incorporé dans le bassin, du marbre, du bois, des pelouses suspendues... et un panorama fantastique avec l'océan en toile de fond.

C'était tellement beau que je me suis mis à chialer d'envie, je hurlai à la mort :

— Pourquoi ? Mais pourquoi ?

Léna s'inquiéta :

— Pourquoi quoi ? Que vous arrive-t-il ?

— Mais pourquoi je n'ai pas tout ça, moi ? C'est trop beau... Ah !

Elle me prit le bras et m'attira contre elle avec une sensualité qui me parut déplacée pour une femme mariée.

— Lorenzo... Vous êtes vraiment un homme sympathique, vous savez ? Déconcertant... mais attachant. Vous me plaisez !

— Non, je suis juste pauvre et j'en crève...

— Je peux faire de toi un homme riche…

Le tutoiement soudain me fit frémir. La situation glissait.

— Genre ? Parce que Youri me doit un max de blé… Il dit toujours « tu ne seras pas déçu », mais il ne donne rien… J'ai payé tous les frais depuis le début avec mon propre argent ! Tout ce qu'il fait c'est m'envoyer le Chinois et cette folle de Parker !

— C'est normal… Je lui ai coupé les vivres à ce con ! Il fait conneries sur conneries… Filer les cordons de la bourse à cet idiot de Casimir, soi-disant génial… Et cette petite pute dont il s'est entiché… Il ne s'attend pas à me trouver ici… Mais quand il va rentrer…

Je tombai des nues. C'est elle qui portait la culotte en réalité ? Youri s'était bien fichu de ma pomme. J'étais vraiment agacé.

— C'est toi qui vas me payer, alors ? dis-je à la cocue en la prenant par la taille.

Elle ne se démonta nullement et d'une main légère, vint me caresser la joue.

— Je peux faire tellement plus, mon chou… Il y a longtemps qu'un homme ne m'a pas tenu dans ses bras comme tu le fais.

— Ah pardon, un réflexe…

Je me dégageai de cette femme fatale. Elle bloqua le mouvement avec la grâce d'une danseuse de tango.

— Non, reste… Je ne te plais pas ?

— Faudrait être difficile… Mais t'es la femme de

Youri… Il va criser ! Déjà qu'il m'en veut à mort d'avoir baisé « la femme de sa vie »… Il a du mal à le digérer…

Elle sursauta.

— Tu as **aussi** couché avec Amber ?

— Bah… Techniquement non… Elle jouit pas ! Elle peut plus… Ça lui en a mit un coup à Youri…

— Qu'est-ce que tu racontes ? parvint difficilement à articuler la belle russe tant elle riait.

— J'ai tout essayé ! Tout avec cette salope Roumaine ! Même une banane ! Mais rien, je te dis ! Elle peut plus !

Léna dût s'asseoir tant le fou rire la secouait. C'était vexant au possible et cela m'agaçait prodigieusement. Elle s'aperçut de ma contrariété et fit un effort pour se contenir.

— Pardon… Je ne me moque pas de toi, mon chou… Mais avoue que la situation…

— Ouais… De toute façon, c'est sa faute… Elle est trop belle et elle m'a fait le coup de décroiser les jambes… Aucun mec ne peut résister à ça !

— Comme ça ? fit Léna, décroisant les jambes à son tour avec un air ingénu trop sexy.

— Nan ! Elle n'avait pas de culotte, la salope !

Et de nouveau, une hilarité incontrôlable de Léna. J'étais consterné, surtout parce que cette femme me plaisait. Une femme qui rit est de suite beaucoup plus belle et attirante. Mais je déplorais une certaine distance maintenue entre nous, imperceptible mais bien réelle. Nous n'étions pas du même monde. Je n'étais qu'un Français pauvre.

Je m'éloignai et fit quelques pas dans ce paradis sur terre. Le paradis, c'est le fric, c'est pourtant simple à comprendre, je ne sais pas pourquoi personne ne le dit clairement. Sans doute pour maintenir les pauvres à leur place.

J'étais perdu dans la contemplation de l'horizon enténébré lorsque Léna vint me rejoindre ; elle se colla dans mon dos, surprenante de douceur.

— Tu veux te baigner pour te délasser ?

— Je n'ai pas de maillot.

— Et ça te pose un problème ? À un type comme toi ?

Elle glissa dans l'eau, entièrement nue et impudique. L'élément liquide aimait ce corps autant que moi la regarder.

— Viens ! fit-elle, joueuse.

— Je le vois gros comme une maison que Youri va se pointer et me surprendre…

— On s'en fiche ! Je fais ce que je veux ! Il n'a rien à me dire après ce qu'il a fait !

Elle m'allumait sans vergogne avec ce corps de déesse, ses formes soulignées par l'eau. J'étais mal… Résister à mes envies, me priver d'un plaisir immédiat… je n'ai jamais su m'y résoudre.

Alors j'en entends qui crient à l'invraisemblance ! Qu'un mec qui a déjà baisé trois femmes est rincé, et que c'est absolument impossible pour lui, une quatrième ! Je m'insurge. D'abord j'avais eu le temps de me reposer et de faire un bon dîner ! Ça compte. Et je rappelle que je ne bois ni ne fume ! De plus, je suis entraîné ! Et pour finir, quand une belle femme vous chauffe, cela donne des ailes, comme RedBull ! Voilà, fin de la parenthèse !

Je jetai mes vêtements et fis un splash monumental dans la piscine. Comme le requin des dents de la mer (Jaws), je fonçai sur Léna qui tenta sans conviction de m'échapper en poussant de petits cris aigus très excitants. Elle s'agrippa à moi et m'emprisonna avec force dans ses jambes, serrant ses cuisses sur mon bassin. J'aime sentir les femmes revendiquer le sexe de la sorte. C'était une vraie libertine frustrée en réalité.

Le reste… Bah, c'est répétitif et monotone pour ceux qui regardent. Par contre pour ceux qui le font, c'est ressenti complètement différemment. C'est typiquement un concept relativiste.
Chaque femme est différente, chacune vous donne un peu d'elle…

On a continué nos ébats ardents dans une suite princière absolument divine. J'étais tellement bien dans ses bras, ses baisers me rendaient fou. Je suis un idiot d'aimer toutes les femmes que je rencontre mais c'est plus fort que moi. Bon, ça ne dure pas très longtemps, mais sur l'instant… je suis un total romantique.

Alors j'en entends qui crient encore qu'un homme ne peut avoir plusieurs coïts successifs avec une femme. Que c'est impossible. Alors là encore, je m'inscris en faux ! C'est une question de pratique ! C'est une évidence que les gens font trop peu l'amour et donc ils passent à côté du vrai plaisir. Baisez plus et bouffez moins ! Fin de la parenthèse.

J'étais heureux, rassasié de la vie, repu des plaisirs que la vie peut vous donner. Je m'endormis dans les bras de la beauté Russe. Je fis de beaux rêves, des rêves de riches, les meilleurs.

16

Secoué sans ménagement, j'eus un réveil détestable, comme si je chutai du 20e étage.

— Lorenzo ! Lorenzo !

— Mais quoi ? Bordel, je dormais bien là !

Youri me secouait brutalement, visiblement très en colère.

— Tu as baisé ma femme ? Lorenzo, tu vas baiser toutes les femmes que tu croises, alors ? Tu es complètement malade ! Ma femme, chez moi, dans mon lit ?!

— Youri ? Mon ami Youri ! J'ai pas baisé ta femme ! Sur ma vie ! De quoi tu parles ?

— Mon amour… ronronna Léna endormie, se retournant contre moi et m'enlaçant.

— Tu te fous de ma gueule ? glapit Youri. Elle est là ! Elle est à poil !

Je pris conscience de la situation scabreuse dans laquelle j'étais jusqu'au cou… Et dire que je l'avais prévu en plus… Je suis con en réalité, c'est un constat accablant.

— Attends Youri, je vais t'expliquer… Je conçois que les circonstances ne plaident pas en ma faveur… Mais ce n'est pas ce que tu crois… Il y a une explication…

— T'es à poil au pieu avec ma femme ! Il n'y a rien à expliquer ! Tu veux expliquer quoi ? Même prit la main dans le sac, tu nies ? T'as baisé ma femme, bordel !

Léna se redressa, exposant sa poitrine sans la moindre gêne :

— Youri ? C'est toi qui fais tout ce barouf ? Laisse-nous, tu n'as rien à dire, je fais ce que je veux !

— Léna, couvre-toi ! Lorenzo, sors de ce lit !

— Youri, attends ! Je ne sais pas ce qu'elle fait là, je te jure ! Je dormais ! C'est un traquenard !

Léna me regarda avec les yeux d'une femme follement amoureuse et comblée par son amant.

— Il m'a baisée deux fois ! Il sait y faire lui !

— Lorenzo, tu me le paieras ! rugit Youri, rouge de colère, montrant le poing.

— Laisse-nous, Youri ! Tu veux qu'on parle d'Amber ? De tes conneries avec le comptable ? gronda Léna, soudain féroce.

— Je vais t'expliquer…

— Oui, il y a beaucoup de choses à expliquer, c'est pourquoi je suis ici… Il était grand temps de reprendre les choses en main !

Elle se leva furieuse et le bouscula. Une discussion animée s'engagea en Russe, tandis qu'elle passait une tunique de soie.

J'en profitai pour filer à la salle de bain. Quand

j'en sortis, la dispute était encore en cours. En me voyant, ils se turent :

— Tu es encore là, toi ? fit Youri, venimeux. Je vais te casser la gueule, sale Français.

— Laisse-le ! Il ne compte pas ! fit-elle, glaciale.

— Youri bordel ! Tu me dois du fric ! grondai-je pour le calmer.

— Rien ! Nada ! T'auras rien ! De toute façon, j'ai plus rien !

— C'est pas possible ça, fis-je consterné.

— Dégage de chez moi ! fit-il, d'un ton méprisant, comme si j'étais un employé viré.

Oui, en réalité, je n'étais qu'un employé et certainement pas un ami de Youri comme je me l'imaginais naïvement, et je venais d'être viré comme un malpropre. Je cherchai un soutien du côté de Léna, elle me tourna le dos dédaigneusement.

Je venais de comprendre. C'était le coup de trop. Mon problème de toujours, je ne sais pas m'arrêter. Je m'en voulais tellement d'avoir merdé à ce point. Cette Léna s'était servie de moi et me jetai sans ménagement. J'avais pourtant eu l'impression… Je me fais toujours des idées avec les femmes, en définitive, ce sont elles qui me baisent et pas le contraire.

Je retrouvai mes affaires, dans le dressing, piquai un costume sur mesure à Youri qui m'allait presque bien, ainsi qu'une *Rolex* qui traînait dans un tiroir, des mocassins en croco, une paire de lunettes de soleil classe et regagnai le hall. J'étais trop beau, cela me redonnait un peu le moral.

Quelle ne fut pas ma surprise de trouver mademoiselle Parker en conversation au téléphone, toujours accompagnée de Victor et… Amber-Natalia, assise à un coin du grand canapé, tête basse, traits tirés.
Que faisait-elle là ? Je n'eus pas le loisir d'approfondir cette question.

Adèle acquiesça tout en écoutant et me regardant :
— Il est là… OK, je gère. J'ai compris, pas de vagues. Je sais très bien quoi faire !

Elle coupa la communication. J'allai parler, elle me devança d'un geste impérieux, tout en sortant de son dos un calibre glaçant.
— Ta gueule, petit con. On part faire une balade. Tu te tais, tu ne m'approches pas. Je ne suis pas d'humeur…
— Tu as encore tes règles ? T'es pas ménopausée ?
— Victor !

Un trou noir, une douleur terrible au crâne. Plus rien qu'un élancement persistant.

Je repris conscience avec le vent dans les cheveux, une odeur marine, une humidité d'embruns. J'étais jeté au fond d'un *Airboat*, les bateaux à fond plat équipés d'une hélice d'avion, seuls utilisables dans les marais des *Everglades* ou le niveau de l'eau ne dépasse pas 15 cm. Ma tête reposait sur les genoux de Natalia qui me regardait avec ses yeux froids et une grande tristesse.

Elle était belle comme une madone. Je ne pus m'empêcher de lui sourire. Elle me caressa le visage, avec la douceur d'un ange.

— Ah, tu te réveilles ! Je t'avais dit de la fermer ! ricana mademoiselle Parker, s'accrochant d'une main au poste de pilotage occupé par Victor.

— Désolé, mon pote… s'excusa Victor. C'est le boulot, tu comprends. Si je ne le fais pas, c'est moi qui finirai à ta place.

— Je comprends… Mais c'est rude quand même.

— Ouais.

— Profite du paysage, regarde comme c'est beau… tu as vu tous ces crocos ? badina Adèle.

— C'est quoi le programme ? fis-je en me massant une bosse énorme. Je ne suis pas un touriste !

J'avais du sang coagulé d'une plaie au cuir chevelu, un mal de crâne et un putain de mauvais pressentiment sur la suite des évènements. Je crânais, mais je n'en menais pas large. Natalia me serra le bras, semblant me retenir d'en dire plus et d'irriter la folle. Adèle scrutait l'endroit, visiblement, elle cherchait quelque chose. Elle ne daigna pas me répondre.

— Là, c'est bien… Oui, c'est parfait ! Accoste ici, Victor !

L'engin glissa sur une sorte d'îlot herbeux et

s'immobilisa.

— Descendez les tourtereaux, terminus, tout le monde descend ! fit mademoiselle Parker, toute joyeuse.

— T'es flippante quand tu es de bonne humeur, tu sais ça ? fis-je en passant à côté d'elle et sautant de l'embarcation sur l'herbe et les racines.

— La grande classe Lorenzo, l'humour jusqu'à la dernière minute, hein ? Tu es un bouffon en réalité… Enfin… Non, tu n'es plus rien du tout… Le Chinois te fait ses amitiés, au fait.

— Il est sorti des prisons cubaines ?

— Tu n'en rates pas une, toi ?

Je fis quelques pas sur ce tapis végétal flottant et peu engageant, Natalia s'accrochait à moi pour ne pas tomber, visiblement terrifiée, mais très calme. La pauvre fille était tellement habituée à souffrir… Elle acceptait tout sans un mot, sans un cri. La résilience totale de la victime professionnelle.

Je me retournai vers l'embarcation qui commençait déjà à s'éloigner.

— Et alors ? fis-je. Hé !

— Alors… Tu finis dans l'estomac d'un croco avant demain, connard. C'est la fin pour toi, fini de te foutre de la gueule des gens, de baiser les femmes des autres… De voler, mentir… Bye-bye !

— Nan, attends… Je suis sûr que… On peut discuter, non ? Tu t'en tireras pas comme ça !

— Te fatigue pas. Je le fais par plaisir. Tu m'as vraiment trop gonflée ! Tu mérites ce qu'il t'arrive, reconnais-le.

— Mais personne ne mérite ça ! Et la petite ? Tu peux pas faire ça à cette pauvre…

— C'est le boulot ! J'ai un contrat. Pour toi, j'avais le choix, pour elle… j'exécute.

— Elle n'a rien fait ! C'est moi, c'est ma faute… Tu peux pas lui faire ça ? C'est pas possible… Entre femmes ! Victor, mon ami !

Le gorille baissa les yeux, honteux mais obéissant à sa patronne. Adèle cria :

— Te fatigue pas… Mais je peux te rendre les choses plus faciles… Tu vois, j'ai pitié de toi. Si tu avoues que je suis la meilleure… J'abrégerai tes souffrances. C'est ta dernière chance !

— Toi la meilleure ? Même pas en rêve ! T'es nulle ! Archi nulle ! Nulle ! Nulle !

Une détonation retentit. Mademoiselle Parker venait de tirer en l'air, excédée. Elle fit signe à Victor de mettre les gaz.

Je regardai l'*airboat* s'éloigner dans le grondement de son puissant moteur. Puis le silence envahit tout. Une rumeur de clapotis d'eau nous entoura. Je me tournai vers Natalia, elle regardait en direction de l'horizon ou le bateau avait disparu, ses fins cheveux blonds soulevés par le plus ténu souffle d'air.

— Natalia…

— Ne m'appelle pas comme ça. Maintenant c'est Amber. Natalia c'était la pute Roumaine.

— Amber… Mmm, je préfère Ambre.

— Comme tu veux. Ça n'a pas d'importance. Tu es un idiot. Tu ne comprends rien aux femmes.

— Pourquoi tu me dis ça ?

— Il te suffisait de lui dire ce qu'elle voulait ! Tu l'as vexée !

— Elle est nulle ! C'est une salope… Je ne pouvais pas dire autre chose !

— On va mourir ! Dévorés par des bêtes immondes ! Tu ne comprends rien ou tu le fais exprès ?

— Je ne pouvais pas te laisser de toute façon.

— Moi je l'aurais fait.

— Toi, tu n'as rien fait de mal… ce n'est pas pareil. Moi… j'ai déconné… Surtout avec la femme de Youri… C'était le coup de trop.

— Tu as baisé la femme de Youri ?

Je fis un geste de résignation, elle pouffa de rire.

— Sa femme et sa maîtresse… Tu es un grand malade quand même.

— Toi tu m'avais allumé !

— C'est vrai… Enfin avec toi… c'est comme voler sa tétine à un nourrisson.

— La Léna c'est une perverse : nue dans la piscine… Tu voulais que je fasse quoi ?

— Pauvre chou…

Elle me regarda et un gentil sourire se dessina sur ses lèvres adorables. Elle déposa un petit bisou sur ma joue.

Je ne suis bon que poussé dans mes plus extrêmes retranchements. Je décidai qu'il était inutile de paniquer, j'avais déjà passé ce stade. Si Amber n'avait pas été là, j'aurais chialé. Je pris conscience de mon environnement, observait tout, notant les moindres détails, cherchant une échappatoire.

Ambre alla s'asseoir sur un tas de racines, calme dans le désespoir, pensive.

— Comment ça se fait que tu sois là, demandai-je pour briser le silence oppressant et cacher mon angoisse.

— Des types m'ont retrouvée à Londres et m'ont collée dans un jet privé. Cette folle de mademoiselle Parker est venue me chercher à l'aéroport de Miami… C'était une bêtise de tenter voler du fric à Youri et de vouloir le quitter. Je ne sais pas ce qu'il m'a pris.

— Bon, il ne faut pas rester ici… À la nuit, on sera perdus… Je ne veux même pas y penser.

— Partir d'ici ? Mais comment ?

— C'est pas profond… On va aller là-bas, une autre île…

— Et après ?

— Après ? On verra.

— Ça ne sert à rien ! C'est fichu ! s'écria Amber. Regarde, il n'y a rien partout où l'on regarde. On est loin de tout !

— Tu viens et c'est tout !

— Pourquoi ?

— Parce que tout seul, j'aurai pas la force !

— Laisse-moi !

— Non ! Tu viens !

— Tu es bien comme tous les hommes ! Tu es méchant en réalité !

— Non ! Je suis con, je suis idiot… mais pas méchant ! Viens ! On bouge.

— Ne me tire pas ! Ah ! C'est dégueulasse ! C'est ignoble… Ça grouille !

— Ouais… C'est pas la joie… Dans quelle merde tu nous as mis ! C'est ta faute !

— Moi ? C'est toi qui…

— Non c'est toi !

Amber chercha à me frapper dans un sursaut de colère, ce qui nous déséquilibra et pour finir, nous nous écroulâmes dans l'eau boueuse.

— Mais putain ! Un costard sur mesure, piqué à Youri !

Amber éclata de rire.

— Aller, on avance, on traîne pas. On va s'attraper des maladies là-dedans… Putain, j'ai trop peur des maladies ! dis-je avec dégoût.

— Tu devrais plutôt craindre les crocos… répliqua Amber, toute boueuse et malgré tout adorable, ses tétons bien visibles en transparence sous sa robe trempée.

— Tais-toi ! Tu me fais peur ! Ne me parle plus de crocos ! Plus vite, plus vite ! Tu traînes !

— Je n'en peux plus ! Arrête de me tirer ! Tu me fais mal ! Lorenzo !

— Mais putain, je me casse le cul pour toi, et c'est

comme ça que tu me remercies ?

Elle essaya de me gifler, rouge de colère.

Chaque pas était très pénible, le pied s'enfonçant, l'eau nous aspirait inéluctablement. Toujours inquiets de voir surgir une bête nous sursautions constamment au moindre mouvement.
Nous atteignîmes enfin, une île plus grande et plus stable. J'étais tellement harassé qu'il fallut qu'Amber me tire sur la berge.
— Allez Lorenzo, bouge tes fesses !
— Je vais crever, j'ai bu la tasse ! Je suis contaminé.
— Ferme-la ! Quelle chochotte ce mec !
— Tu me dis quoi ?

Nous étions à bout de force. Notre arrivée au milieu des joncs et de la mangrove fit envoler une nuée d'oiseaux piailleurs.

Amber alla grimper sur un réseau de grosses racines et se hissa sur un tronc mort. Elle était trempée et boueuse, les cheveux tout plaqués, le visage maculé. Elle scruta les alentours.
— Tout ça pour rien ! clama-t-elle, désolée.
— Non pas pour rien.
— Il n'y a rien de plus ici ! Regarde !
— Attends, je me refais une santé, je récupère… j'ai une grosse fatigue, là…
— Lorenzo ! Tu parles d'un héros !
— Attends que je reprenne des forces, je vais t'en coller une…
— Tu es comme tous les français : que de la gueule !

C'en était trop pour moi. D'un bond, je fus sur l'arbre mort et je fis le tour du panorama, tout en m'appuyant sans vergogne sur les épaules de la bimbo. J'observais le soleil. Il ne fallait pas traîner.

— On continue ! Là-bas !

— Là-bas ? Pourquoi là-bas ?

— C'est la bonne direction. Nord-quart-nord-est ! Comme au débarquement le 6 juin 1944, pour les paras de la 101ᵉ *Airborn*.

Amber me regarda avec effarement :

— T'es complètement fou en fait. C'est le coup que tu as reçu sur la tête, c'est ça ?!

— On bouge !

— Il n'en est pas question ! J'en ai marre de ton délire.

— Tu viens avec moi et c'est tout !

— Non !

— Si !

— Laisse-moi !

— Je ne te laisserai pas mourir !

— Pourquoi ?

— Parce que…

— Parce que quoi ? Tu ne me connais même pas !

— Tu es trop belle !

Je pris la main fine d'Amber et nous repartîmes. L'action m'empêchait d'avoir peur. Nous pataugeâmes. Nous avancions lentement et péniblement. En réalité, je n'avais aucune idée de la direction qu'il fallait prendre. Je comptais sur la chance. Je me disais qu'il y aurait bien une bonne fée qui aurait pitié de cette fille si belle et que je pourrais en profiter.

Je suis un opportuniste. J'ai déjà bouffé tout mon capital chance, maintenant, je pique celui des autres.

17

Amber était à bout de force, alors je l'avais hissé sur mon dos et la portais comme un sac de patates en grognant et pestant.

— Putain, tu pèses combien ?

— Ne dis pas ce mot ! Je ne le suis plus !

— Ton poids ?

— 48.

— Nan… Menteuse !

— Tu m'agaces ! 52 !

— Nan… C'est plus. T'es grosse en fait !

Un silence tendu se fit. Je finis par glisser et me rétamer. La tentation était grande de rester là… J'étais harassé, je n'avais plus la moindre énergie, ni la moindre motivation.

— Amber… On va se reposer un peu… On va…

— Lorenzo… Je t'ai menti quand je t'ai dit que je ne pouvais pas jouir.

— Hein ?

— Je t'ai menti… Je voyais bien que tu étais nul et que tu n'y arriverais pas… Alors j'ai inventé cette histoire. Je voulais que tu saches la vérité, avant de…

Cela me foudroya. Je me redressai d'un bond.

— Je vais te taper !

— Vas-y, si ça te soulage ! Cela n'y changera rien !

Je la rebasculai sur mon dos, tirant sur ses bras et je repris ma progression avec une hargne décuplée.

— Tu vas dérouiller quand on arrive au talus, là-bas. Crois-moi.

— Impuissant !

— Salope ! T'inquiète, on arrive bientôt… Tu vas le regretter. Qu'est-ce que je vais lui mettre ! Mais qu'est-ce que je vais lui mettre !

— J'ai trop peur de toi, ricanna-t-elle.

Elle se fichait de moi. Cette femme avait tous les vices ! Après quelques pas chaotiques, je demandai :

— Et avec Youri ?

— Quoi Youri ?

— Tu jouis ?

— Bah oui…

— Oh putain !

— Ne dis pas ce mot !

— C'est ce que tu es !

— Non, plus maintenant ! Je suis une femme libre ! Je veux mourir libre !

Un nouveau silence pesant. J'arrivais à une étendue herbeuse en surplomb qui me donna beaucoup de difficultés. Je glissai, je n'y arrivai pas. Je finis par balancer la pauvre Amber au sommet et restai à souffler en contre-bas.

Elle m'agrippa aux épaules et me tira.

— Laisse-moi crever ! Salope !

— Non !

— Pourquoi ?

— T'es trop con !

— Merci !

Finalement, elle parvint à me hisser hors de l'eau. Amber et moi restâmes allongés de longues minutes, à reprendre notre souffle, regardant le ciel sans le moindre nuage.

— Amber ?

— Quoi ?

— Que moi alors ?

— Toi quoi ?

— Qui te fais pas jouir...

Elle resta un instant silencieuse.

— Je t'ai menti.

— Tu m'as menti ? Encore ? Sur quoi d'autre ?

— J'ai joui avec toi... Mais tu es tellement insupportable... Puant, comme tous les français... Alors j'ai inventé cette histoire. Voilà. Monsieur est satisfait ?

— Pourquoi tu me fais des coups pareils ?

— Tu allais flancher... Tu t'es donné tant de mal...

— Je vais te taper quand même... Plus tard parce que là, je n'ai plus la force... Tu mérites, trop !

— J'ai peur ! railla-t-elle.

Je me relevai et aidai Amber à se mettre debout. La première chose que je constatai, ce fut deux ornières parallèles qui s'étendaient au loin, de part et d'autre de notre position. Nous étions sur une bande de terre, un chemin carrossable : en suivant les traces, nous finirions par retrouver la civilisation. Nous avions fini par arriver sur une zone plus sécurisée. C'était un miracle.

— C'est par là ! fis-je indiquant une direction.

— Pourquoi, par là ?

— C'est moi le chef ! Marche, ne traîne pas !

— Tu ne me tapes pas, finalement ?

— Je suis occupé, là ! Silence !

— Lorenzo…

— Quoi ?

— Merci, t'es trop chou.

Je me retournai vers elle : ses yeux étaient toujours aussi magnifiques, surtout quand ils étaient rieurs. Cette fille était belle en toute circonstance.

— Si on s'en sort… Je te taperai ! J'en ai gros contre toi !

Amber éclata de rire. Je l'entraînai sans ménagement.

Nous finîmes par arriver, en fin d'après-midi, à une route bitumée. Un camping-car accepta de s'arrêter : nous faisions peur, on ressemblait à des zombies, mais il y a des gens qui ont bon cœur et du courage.

C'était une famille charmante qui s'effraya de notre histoire et appela aussitôt la police. Pour la première fois de ma vie, j'étais content de voir les flics.

Notre histoire fit grand bruit ; on fit la une des journaux télévisés.

« Deux touristes français, kidnappés par des malfrats, probablement de la mafia, dépouillés et abandonnés dans les Everglades. ». J'eus beau répéter que j'étais Belge… Rien n'y fit, on ne corrigea jamais. Les interviews me permirent de me faire un peu de blé. J'avais de quoi rentrer en France.

On nous donna de vieilles frusques et on nous lâcha dans un motel. L'enquête suivait son cours. Je ne m'étais pas gêné pour donner le signalement le plus précis possible de mademoiselle Parker.
— Ratissez les magasins de luxe et les salons de beauté… Vous la trouverez sans problème. Et dites-lui qu'elle est nulle, elle adore ça. Elle se prend pour une diva.

C'était inévitable : si Adèle n'avait pas pris le premier avion, elle se ferait pincer.

J'étais tellement fatigué que je dormis 24 heures de rang, partageant le lit avec Amber, une femme belle comme une déesse, sans la baiser.

18

À mon réveil, la chambre était vide. J'ai immédiatement songé que la belle s'était tirée encore une fois… Et avec le peu de fric que j'avais, constatai-je amèrement ! Je m'assis au bord du lit et me pris la tête dans les mains. C'était une évidence, j'étais sur terre pour souffrir. Que faire maintenant ? Vendre mon corps ? Ils ne seraient pas nombreux à en vouloir…

La porte s'ouvrit et Amber apparut les bras chargés de paquets.

— T'es encore à poil ? File à la douche et viens t'habiller.

— Mais bordel, j'ai cru que t'étais barrée !

— Il fallait que j'achète des fringues, culottes, linge… Le minimum vital quoi. Je t'ai pris des trucs aussi, tu faisais pitié.

— Il reste du fric ?

— Bah… un peu je crois.

— T'es complètement inconsciente ! On va faire comment pour rentrer maintenant.

— On va à l'ambassade, ils vont nous rapatrier.

— C'était « mon » fric !

— « Notre » fric ! T'es radin comme mec !

— Je suis pauvre !

— Ce n'est pas une excuse ! Petit français minable !

Je filai à la salle de bain en grommelant.

— Je t'entends ! fit la belle en admirant ses emplettes. Je ne suis pas une voleuse !

— Bah si !

— Finalement, je regrette Youri. Il était con, mais il avait la classe.

— Ce salaud ! Il me doit du blé. Je me prépare et j'y retourne !

— Tu es fou ! Il a voulu nous éliminer !

— M'en fiche ! J'ai besoin de ce fric, je l'ai gagné, il est à moi !

— Je ne te laisserai pas faire cette connerie.

— Cette salope de mademoiselle Parker m'a volé l'argent de Niente !

— Les flics vont peut-être la coincer... Tu le récupéreras.

— Pff.

— Tu es grognon comme ça tous les matins ?

— On est pas en couple, si ? J'ai raté un épisode ?

Dans la douche je réfléchis intensément, comme à chaque fois que je suis dans les ennuis jusqu'au cou. La situation était grave et désespérée. Fauché, dans un pays étranger ou la seule chose qui compte c'est le fric... En sortant de la douche, rasé, branlé et habillé, j'étais d'humeur maussade. Restait le comptable, cette fripouille de Casimir. Manifestement, Youri n'avait pas mis la main sur lui, sinon il n'aurait pas été aussi à cran et surtout, le vieux aurait été du voyage avec nous pour nourrir les crocos...

Il me devait tout ce type : sa mémoire et même sa vie, vu que j'avais bastonné le Chinois. Mais où le trouver ?
Amber vint à moi et me prit dans ses bras.
— On fait quoi ? demanda-t-elle.
— On va au poste de Police, voir s'ils ont chopé la salope de Parker.
— OK.

On a pris nos affaires et sauté dans un taxi. Sur la route, j'eus un flash, une illumination.
— Chauffeur, un endroit où on joue aux échecs, tu connais ?
— Genre un club ?
— Un truc moins officiel... Qu'on peut venir jouer comme ça... Anonyme...
— Il y a un bar sympa... Sur le port de plaisance... Le Sémaphore... Il y a toujours des joueurs d'un peu partout.
— On y va !
— On ne va plus... ? s'étonna Amber de ce brusque changement.

Ce vieux débris de Casimir, le grand maître d'échecs... S'il était encore dans les parages, il aurait envie de jouer, de pousser du bois comme on dit, c'est forcé quand on aime ce jeu. Je l'avais battu deux fois dans l'avion, il allait en crever, il lui faudrait vérifier ses capacités avec d'autres joueurs.

Nous allâmes donc dans le quartier animé et chaleureux du port de plaisance, avec des sorties incessantes de hors-bords luxueux et rutilants, des touristes en goguette, des restos et des boutiques de souvenirs.

Le bar était très cool, avec des échiquiers sur les tables et des parties animées en cours : on parlait trash. Hélas pas de Casimir en vue. Je décidai de m'y poser et d'attendre. De toute façon, il était l'heure de déjeuner, ça tombait bien.
J'espérai m'en tirer avec un hot-dog, mais avec une fille comme Amber... Si vous êtes pauvre, éviter les belles femmes, je vous le dis, sinon vous allez souffrir.

Et les heures passèrent.
— Lorenzo, j'en ai marre d'attendre.
— Joue avec moi.
— Je n'aime pas ce jeu !
— Force-toi !
— Pff ! Tu parles d'un romantique...

Jouer avec Amber ? Elle joue n'importe quoi et si elle perd, elle se vexe, alors il faut que je la laisse gagner. Cette femme me rend dingue. De guerre lasse, je lui laissai le peu d'argent qui me restait et elle fila se promener et faire les boutiques.

J'avais résolu de la remettre sur le trottoir au cas

où, c'était la dernière option. Non ce n'est pas méprisable ! Nécessité fait loi, et je signale que c'était son boulot avant.

Dans l'après-midi, un vieux type portant lunettes de soleil, canotier et un minuscule chien aux bras, vint s'attabler. J'avais du mal à en croire mes yeux, mais c'était bien lui. Je bondis sur l'occasion et m'installai à sa table avant qu'un abruti me pique la place. Il sursauta, m'observa et se fendit d'un sourire narquois.

— Mais c'est mon ami le pilote français.

— Racaille ! Tu m'as lâché !

— Il le fallait… La situation était tendue… Mais je savais qu'un type futé comme toi, finirait par me retrouver.

— Ce bâtard de Youri a voulu me faire la peau !

— Oui, j'ai vu ça à la télévision.

— Il a fait venir une dingue… Une maniaque de la mode !

— Vous avez dû vous entendre.

— Elle m'a violé et ensuite a voulu me donner à bouffer aux crocos !

Il éclata de rire, serrant contre lui son chien de la taille d'une souris.

— Pourquoi tu es parti ? repris-je, agacé.

— Je bossai pour Léna… en douce, la femme de…

— Je connais cette garce ! Elle m'a piégé, la salope !

— Vraiment ?

— Youri m'a trouvé au pieu avec elle…

Écroulé de rire, Casimir finit par demander, vicieusement :

— Elle aussi ? Toutes, alors ?

— Elle m'a allumé ! C'est une diablesse !

— Elle a décroisé les jambes ?

— Te fiche pas de moi ! Je suis une victime. Je t'ai sauvé la vie à Cuba !

Sur ce, Amber arriva, arborant une casquette des *Lakers* qui devait coûter… J'en eus mal aux burnes. Et non, je ne suis pas radin ! Je suis pauvre !

— Vous ici ? s'étonna Casimir en la voyant.

— Hé oui, fit-elle souriante, comme si tout allait bien.

— T'as une cervelle ? Tu sais penser ? fis-je excédé, à l'adresse de la belle.

— Mais quoi ? fit-elle.

— Il reste du fric ?

— Un peu… Tu es chiant avec l'argent. C'est un vrai radin ce français ! Tu sais que tu vas finir vieux garçon ?

— Mais bordel, on est à sec ! Elle me tue ! Elle me tue !

— Tu vas te calmer, oui ! s'indigna la beauté.

— Mon ami, Lorenzo… J'ai une dette envers toi… Je ne te laisserai pas tomber, fit Casimir très amusé. Jouons ! Dans l'avion j'étais diminué par mes problèmes de mémoire. Mais maintenant…

— Tu vas me filer du fric ? Combien ?

— Tu ne seras pas déçu.

— Nan, j'en ai marre là ! Tout le monde me dit ça et

personne ne paye ! Merde !

— Lorenzo, soit poli avec Casimir ! s'indigna Amber. Tu vois qu'il est bien disposé.

— Toi, il faut absolument que je te tape à la première occasion !

— Arrête de dire des choses que tu ne feras jamais.

— Je ne le ferai pas ?

— Non ! Il m'a sauvé la vie, vous savez, expliqua-t-elle à Casimir, tout en se pressant contre moi.

— Vraiment ?

— J'adore votre petit chien, dit-elle attendrie. Comment il s'appelle ?

— Gambit.

— C'est fini, oui ?! éclatai-je, au comble de l'agacement.

Mais la belle s'en fichait éperdument et bisoutait le ridicule petit chien.

— Jouez mon ami… me fit Casimir. Détendez-vous. Nous allons bien trouver un arrangement qui vous conviendra, j'en suis sûr. Je vous dois tant.

Et la partie commença. Mais je n'étais pas du tout concentré.

— Tu bossais pour Léna ?

— Oui, elle voulait virer ce con de Youri des affaires. Elle était très contrariée par… enfin… c'était la goutte d'eau qui fait couler le bateau.

— Par moi ? dit Amber.

— En effet. Mais aussi par les frasques de Youri… Enfin bref… Maintenant, il est hors jeu.

— C'est-à-dire, demandai-je.

— Elle l'a viré. Elle voulait divorcer depuis longtemps, mais il s'accrochait, tu penses, le prix d'un divorce... Mais maintenant qu'elle a la main sur les comptes... Il était bien obligé de céder. Et puis... il y a eu cette terrible humiliation...

— Sa femme et moi ? Pff ! Il ne l'aimait plus, l'amour de sa vie c'était Amber !

— C'est une question d'honneur. Il avait aussi perdu Amber !

— De là à nous faire zigouiller par cette psychopathe de Parker...

— Tu ne peux pas comprendre les très riches... Ils vivent sur une autre planète.

— C'est pas faux...

— Mat, conclut Casimir tout souriant.

Je n'avais rien vu de la partie. Je ruminais sur l'insignifiance de ma condition. J'en avais marre que tout le monde se serve de moi, se fiche de moi, me méprise, me traite de radin, me donne à bouffer aux crocos, que toutes les femmes me détestent. Je décidai que dès que j'aurais touché le fric de Casimir, je rentrerai en France et je larguerai Amber. Pas forcément dans cet ordre d'ailleurs. Avec cette fille, c'était impossible. Nous n'avions rien en commun.

Casimir nous invita au resto pour le dîner : cela enchanta Amber. Nous eûmes droit au meilleur : caviar et homard. Je me régalai et repris espoir dans l'existence. Le luxe ça transforme tout, ça fait oublier le mal.

Puis Casimir nous invita à passer la nuit chez lui, il avait une chambre d'ami dans son luxueux appartement de la Marina, prêté par Léna, faisant partie du parc immobilier de sa holding.

J'étais déprimé et inexplicablement ralenti, assaillit de pensées, en proie à des prises de conscience douloureuses. Amber apparut vêtue d'un t-shirt *Hello Kitty* ridicule, sa longue chevelure blonde ondoyant sur ses épaules. Qu'elle était belle cette fille, toute en grâce. Trop belle pour moi, trop jeune : c'était la femme d'un milliardaire, pas d'un pélot de Français.
Je me levai d'un bond.
— Je vais dormir sur le canapé.

Elle posa le genou sur le lit et s'immobilisa, fronçant les sourcils.
— Approche !
— Quoi ?
— Plus près !
— Mais…

Elle me couvrit de petits bisous tout doux, très chastes, très câlins.
— Viens dormir…
— Nous deux c'est pas possible…
— Pourquoi tu dis ça ?
— Tu es faite pour une autre vie… Je suis un pauvre mec…
— J'ai besoin d'un homme gentil…
— Je ne suis pas gentil !

— Oh si… Le plus gentil…

Sa bouche glissa et elle embrassa tendrement mes lèvres, les aspirants, donnant de petits coups de langue… Elle me fit basculer sur le lit et d'un mouvement naturel passa sur moi, m'emprisonnant le visage dans ses mains. C'était une douceur ineffable. Amber, c'était vraiment la meilleure. De loin.
Je n'ai plus pensé à rien qu'à elle. J'ai fini par m'endormir dans ses bras.

J'étais fauché, mais j'avais Amber.

Je ne la méritais pas, elle était trop bien pour moi. Mais je suis un opportuniste Darwinien. Je saisis les occasions quand elles se présentent.

19

Au petit jour, j'ouvris les yeux. Je fus surpris de trouver le visage d'Amber sur ma poitrine, ses longs cheveux éparpillés me donnaient chaud. Je n'arrivai pas à me persuader de la réalité de ma situation. Je la regardai dormir, n'osant bouger. Elle avait un visage d'ange, aux proportions parfaites. De petits mouvements et soupirs m'indiquèrent qu'elle se réveillait. Elle ouvrit ses yeux froids mais magnifiques et me sourit.

— Ambre…

— Quoi ?

— Tu as joui ?

— Je ne répondrai pas à cette question.

— Tu as simulé ?

Elle pouffa de rire, cela m'agaça.

— Non parce que tu m'as déjà vachement menti ! argumentai-je.

— Lorenzo !

— J'en ai marre des femmes !

Pour toute réponse elle m'embrassa et sans plus de paroles disparut à la salle de bain. Décidément, il était plus qu'évident que nous n'étions pas faits l'un pour l'autre. Je gagnai la cuisine, il me fallait mon orange pressée de toute urgence. Sur le chemin, en traversant l'immense salon panoramique, j'eus un coup au cœur !

Casimir, Léna, Youri et mademoiselle Parker étaient là en grande conversation. Casimir portait une robe de chambre ridicule avec des motifs de dragon en soie. Youri semblait accablé, avec une mine affreuse. Mademoiselle Parker portait un jean et un blouson de cuir, elle avait raccourci ses cheveux noirs, pas de maquillage. Léna me regarda d'un air contrit.

— Lorenzo, mon ami Lorenzo ! tenta Youri, faussement gai.

— On n'est pas amis ! Tu me l'as bien fait comprendre !

— Allons… Nous sommes des enthousiastes tous les deux… On s'emporte… On fait n'importe quoi… Toi, plus que tout autre, tu peux me comprendre. On est pareils…

— Non ! Tu as voulu me faire bouffer par les crocos, avec cette maniaque !

— C'était le boulot ! Purement professionnel ! fit mademoiselle Parker.

— Tu parles ! Qu'est-ce que ça veut dire ? demandai-je à Casimir.

— Il faut que tu pilotes le jet. Ils doivent quitter discrètement le pays…

— Que moi je les aide ? C'est une blague !

Là-dessus, Amber fit son entrée. Elle se précipita sur Youri et le gifla violemment.

— Espèce de salaud ! gronda-t-elle.

— Amber ! Je n'y suis pour rien ! Enfin… Pas complètement…

— Qu'est-ce qu'ils veulent ? me demanda Amber.

— Que je pilote le jet, ils doivent quitter le pays discrètement.

— J'appelle la police ! fit-elle.

Adèle s'apprêta à intervenir, je m'interposai crânement.

— Tu vas faire quoi ? dis-je.

— Sois raisonnable, Lorenzo ! Il y a beaucoup de fric pour toi ! dit-elle, froide comme la glace. Regarde.

Elle jeta sur la table basse, des liasses de billets. C'était le fric de Niente, mon argent odieusement volé !

— C'est mon fric, voleuse !

— Il y en aura bien plus ! Demande à Youri !

— Mais oui, mon ami, tu ne seras pas déçu ! acquieça-t-il.

— Je suis très déçu ! Je suis très désappointé ! fis-je en ramassant mon argent.

— Une somme à cinq zéros, intervint Léna. Sortant un carnet de chèques. Payable partout dans le monde.

— Rajoute un zéro, salope ! lança Amber.

Léna accusa le coup, mais restant maîtresse d'elle-même, entrepris de rédiger le chèque. Elle signa et me le tendit d'une main ferme. Je n'avais jamais vu autant d'argent. J'eus un éblouissement.

D'un mouvement rapide de magicienne, Amber s'empara du chèque, le plia et le glissa dans sa poche.

— Je te le garde, mon chou.

— Amber, rend l'argent !

— Lorenzo !

— Touche pas au grisbi !

— Tu as un vrai problème avec l'argent toi ! C'est une maladie ! Tu n'as pas honte ?

— Mais c'est qu'ils sont trop mignons les tourtereaux ! se moqua mademoiselle Parker.

— Lorenzo, il faut que tu déposes un plan de vol pour Londres, m'expliqua Casimir, m'entraînant à l'écart.

— La maniaque va me buter à la première occasion… Je le sens pas ce plan.

— J'ai trop besoin de toi ! Je n'ai plus d'arme, regarde ! fit mademoiselle Parker faisant une pirouette sur elle-même.

— Lorenzo mon ami, on repart sur de bonnes bases, comme avant ! fit Youri. On efface l'ardoise.

— Ouais… Les crocos, ça passe pas ! Je les ai là !

Amber me fit signe de venir lui parler.

— Amber, rends le chèque !

— Tu m'agaces ! Tu n'as pas confiance en moi, c'est ça ?

— Tu veux une réponse ?

Elle passa ses bras autour de mon cou.

— Je croyais que tu avais compris... Cette nuit, nous deux...

— Tu as joui ?

— Tu ne comprends rien aux femmes en réalité ?

— Elles sont incompréhensibles ! Rends le fric !

— Non... Il faut que tu apprennes à me faire confiance...

Elle plongeait ses yeux dans les miens... Elle me tenait enlacé... Je détestai ce pouvoir immense qu'elle avait sur moi, alors que moi je n'en avais aucun sur elle !

— Tu vas rentrer en France sur un vol régulier, dis-je.

— Je ne te quitte pas.

— Mais si c'est encore un plan foireux...

— On sera ensemble.

— On aura pas toujours de la chance.

— Ensemble, ou tu n'y vas pas.

— J'aurais dû te taper dès le début.

— Tu as préféré me sauver... Tu es comme ça.

— Tu me rendras le chèque ?

Elle se dégagea et s'enfuit sans me répondre. Je venais de perdre une somme à six zéros.

Je fonçai à l'aéroport et m'occupai des formalités. Rapatriement de l'appareil en France en passant par Londres. Passagers : une femme, Amber. Les clandestins devaient embarquer en douce à la dernière minute, départ en pleine nuit, à l'heure du crime.

Pendant le vol, je n'avais rien à craindre. Mais une fois au sol... tout pouvait arriver. Je décidai de laisser un mémo vocal sur l'ordinateur de vol de l'appareil. Le service de maintenance ne pouvait pas ne pas tomber dessus si jamais je disparaissais. C'était une petite garantie.

À Minuit j'étais à bord, Amber installée confortablement, dans une robe fuchsia presque identique à celle qu'elle portait lors du vol aller sur Londres, véritable gravure de mode, qui mettait bien en valeur ses jambes magnifiques qu'elle croisa tout en me regardant effrontément. Je dus me mordre les lèvres pour ne pas avoir envie de lui sauter dessus.

Je me penchai vers elle :
— Le chèque, il est où ?
— Je ne te dirai rien. Et arrête de mater mes jambes. J'ai un mec !
— C'est toujours pareil... Les belles ne sont jamais pour moi !

Je fis mon inspection consciencieusement. Inutile de dire que je redoutai cette traversée interminable, seul aux commandes. Je fis la check-list, deux fois, le plein était fait, payé avec une carte de crédit de Youri, ce coup-ci. L'attente commença et l'angoisse de voir la police débarquer et coffrer tout le monde me tenailla.

Le départ prévu à deux heures approchait et toujours personne. Amber somnolait. Finalement,

Des ombres glissèrent rapidement vers l'avion. Le trio Léna, Youri et la peste, s'engouffrèrent dans l'appareil et refermèrent promptement la lourde porte.

— Lorenzo, on y va… Ne traînons pas ! murmura Youri, suant à grosses gouttes.

— Pourquoi tu murmures ? demanda Léna.

— Silence ! fit Youri.

— Il faut que je te fouille, fis-je à Adèle. Pas d'armes à bord.

— Mais je t'en prie ! Je t'ai dit que je ne suis pas armée.

Je palpai la belle brune… Elle disait vrai.

— Lorenzo, tu n'as pas confiance en nous ? dit Youri.

— Non !

— Il a raison ! dit Léna. Fouille-nous, finissons-en et partons !

Je fouillai tout le monde. Quand on a failli finir dans l'estomac de crocos, on devient prudent. Finalement, je m'installai aux commandes. J'avais déjà tout programmé et tout vérifié. Je refis une ultime vérification et me présentai sur la piste. Un *start and go* pour s'assurer de la bonne marche des réacteurs. Et l'avion décolla. Nuit noire, vol aux instruments… Le temps s'écoula lentement.

Adèle vint dans le cockpit et s'installa sur le siège de droite, admirant l'instrumentation de bord.

— Tu sais, Lorenzo… Finalement tu

m'impressionnes. Tu ne manques pas de ressources pour un amateur.

— C'est un compliment ?

— C'en est un… Je crois. Tu n'as rien à me dire ?

— Si… Tu es… Nulle ! Nulle ! Nulle !

Elle éclata de rire.

— Tu prépares un sale coup ? demandai-je, imperturbable.

— Je n'ai pas de contrat sur toi.

— Et Amber ?

— La pauvre petite. Alors c'est le grand amour, vous deux…

— Mais non…

Elle sourit énigmatique.

Je craignais une tension en cabine avec Amber et la femme de Youri… Il n'en était rien. Le trio s'amusait, buvant le Champagne. Youri semblait revivre, comme si un poids immense venait de lui être enlevé.

— Tu vois, Lorenzo, je ne t'aurais jamais imaginé en couple… insinua la brune diabolique.

— Moi en couple ? C'est n'importe quoi !

— Pourtant… Il m'a semblé… Je dois me tromper… C'est vrai que tu n'es pas l'homme d'une seule femme. Tu les aimes toutes.

— Sauf toi !

— Sauf moi… Parce que je suis la meilleure.

— Sors de mon cockpit !

— OK OK !

Le temps passa interminable. Dans la cabine, certains dormaient, d'autres regardaient un film. J'avais dû mal à garder les yeux ouverts. Debout, je faisais des mouvements pour me maintenir éveillé. Fort heureusement, le vol se passait sans incident. Restait deux heures encore avant l'escale de Londres.

Youri me rejoignit.

— Cap sur la Croatie ! Zagreb ! C'est faisable, tu as fait le plein ?

— Hein ? C'est quoi ce changement ?

— C'est plus sécure pour des ressortissants Russes. On y a une grande propriété. Pour toi, ça ne change rien, ce n'est qu'une escale pour déposer Léna. Tu me ramèneras à Nice. Cette salope me vire, elle est décidée, rien à faire !

— Ah... Il faut que je corrige le pilote automatique... Pourquoi tu me dis ça maintenant ? Je le sens pas ce plan !

— Lorenzo, je t'ai promis que maintenant, toi et moi on est comme des frères ! Tu ne seras pas déçu !

— Ouais... J'ai l'habitude !

— C'est un peu de ta faute... Tu sais que tu m'as piqué toutes mes femmes !

— Ta Léna m'a piégé !

— Elle a fait quoi ?

— Nue dans la piscine, elle me dit « viens ! »

— La salope... Tu sais que ça peut m'aider ça pour le divorce. De toute façon, j'en avais marre des caprices de madame. Mais tu t'apercevras vite que les femmes… Que des embrouilles…

— Pourquoi tu me dis ça ?

— Pour rien…

— Il n'y a rien avec Amber. On est amis, c'est tout.

— Oui… C'est évident. De toute façon, tu n'es pas le genre à te mettre en couple.

— Tu es la deuxième personne à me dire ça !

Je déroutai l'avion tout méditatif. Il me fallait absolument parler à Amber. Je profitai d'un passage aux toilettes pour m'asseoir à ses côtés. Elle pensa que je venais chercher du réconfort et m'embrassa tendrement. Je profitai de l'étreinte pour lui glisser à l'oreille :

— On va à Zagreb… Je ne le sens pas. File-moi le chèque.

— Je ne l'ai plus, murmura-t-elle.

— Il est où ?

— Posté à Miami… En route pour chez toi. Je me suis méfiée… Tu crois qu'on est en danger ?

— Je t'avais dit de ne pas venir ! Tu ne m'écoutes jamais !

— Je t'aime !

Je restai stupéfait de cette déclaration, comme pétrifié qu'elle me dise ça en un moment pareil.

— Dis-le-moi, Lorenzo !

— Je…

— J'ai besoin de l'entendre !

— Tu es une petite futée, toi…

Elle me serrait contre elle ardemment. Je ne

pensais pas qu'une femme aussi belle puisse être si sentimentale. J'étais un idiot complet.

— De toute façon… Je le sais que tu m'aimes… Je l'ai toujours su à la façon dont tu me regardes. Tu es tellement transparent. C'est juste que j'aurais aimé l'entendre.

— Tu m'aimes ? demandai-je, abasourdi.

— Ça t'étonnes ?

— C'est incroyable. C'est parce que je suis riche ?

— Idiot !

— Je veux que tu t'installes avec moi dans le cockpit. Je serai plus tranquille. Viens !

Je calai les petites fesses divines dans le siège du copilote.

— Vas-y, bébé, pilote ! dis-je, enjoué.

— Tu es fou ! Montre-moi !

Elle était fascinée par l'avionique puis son regard se perdit dans la contemplation du soleil qui se levait à l'est, marchant face à nous.

— Oh ! C'est tellement beau ! s'extasia-t-elle… C'est un signe de chance, hein, mon cœur ?

— Oh oui, j'ai beaucoup de chance de t'avoir…

Nous restâmes contemplatifs comme deux idiots, nous tenant la main tels des enfants. Je n'avais jamais connu ça avec une femme, je découvrais la tendresse et la complicité. Probablement que je n'y avais jamais attaché d'importance. J'étais aveuglé par des considérations ineptes, ne voyant pas ce que tous les autres avaient compris depuis longtemps.

J'étais un attardé de la vie.

20

Arrivé à Zagreb international airport, je rejoignis le dock jets privés. Un gros Range Rover noir avec vitres teintés attendait. Deux gorilles vinrent se poster à la porte de l'avion. Léna descendit la petite passerelle avec précaution et se retourna :

— Youri, mes avocats se mettront en rapport avec les tiens. Sans rancune, hein ? C'est mieux pour tout le monde, tu dois le comprendre. Cesse de faire de l'obstruction.

Il fit un geste désabusé de la main, renonçant à dire un mot, probablement à court d'arguments.

— Lorenzo, ne faites pas d'histoire et remettez-moi le chèque, je vous prie.

— Vous savez bien que je ne l'ai pas, fis-je, seulement à moitié surpris d'une telle demande.

— Voulez-vous que mes hommes bousculent la petite ?

— Je ne l'ai pas non plus ! intervint Amber, bravache qui avait quitté sa place alors que je lui avais instamment demandé d'y rester. Elle ne m'écouterait jamais, c'était évident.

Elle ajouta :

— Je l'ai posté à Miami, il est en route pour aller chez mon avocat à Paris. Fouillez-moi, si vous ne me croyez pas... Je n'ai pas grand-chose sur moi, comme vous pouvez le constater...

Impertinente, elle pirouetta sur elle-même, exhibant sa robe sexy que seule une très belle femme pouvait oser porter. Léna pinça les lèvres et resta dubitative, me fixant.

— Lorenzo... Il fallait que je tente... Tu me comprends. Rien de personnel. Tu as de la chance d'avoir un ange qui veille sur toi... Beaucoup de chance... Profitez bien de la fortune, vous deux...

Elle s'éloigna très digne en direction de sa voiture. En réalité, elle était pire que mademoiselle Parker qui justement se présenta :

— Je descends ici, Lorenzo, dit-elle, sautant lestement, dédaignant les trois marches. Tu n'as rien à me dire ?

— Que tu es toujours aussi nulle !

Avec son index et son pouce elle mima un pistolet et me tira dessus.

— Essaye de ne pas contrarier quelqu'un qui pourrait faire appel à moi. Parce que je me ferai un plaisir de... Enfin tu m'as comprise. Mais avoue que tu mérites !

— Va mourir ! fis-je avec un doigt d'honneur rageur.

— Lorenzo, décolle, je ne veux plus voir ces garces,

ça me rend malade, dit Youri, accablé.

Il se jeta sur un des confortables fauteuils, il était au bout de sa vie.

Je n'avais pas besoin de ravitailler pour rejoindre Nice. Je communiquais avec la tour et me présentai au décollage. Je me sentais léger depuis que les deux vipères étaient parties. Elles étaient faites pour s'entendre !
— Sérieux Youri, ta femme, c'est un monstre !
— Je suis ruiné ! Elle va tout me prendre !
— Il va t'en rester suffisamment quand même non ?
— Pff ! La salope ! Toutes des salopes, les femmes ! Je suis dégoûté… Ça devait être une escapade romantique avec Amber, des fêtes, bonne baise… la belle vie… Et ça s'est transformé… Lorenzo, tu as tout fait foirer ! Tout ! Mais comment c'est possible ?
— Moi ? Mais le comptable était en cheville avec ta femme depuis le début !
— Ce con de Casimir ! C'est lui que j'aurais dû…

Cet enfoiré de Youri n'avait pas hésité à m'abandonner aux crocos. Pas directement mais quand même !
J'en avais gros.
— Cette Rolex que tu portes ? remarqua-t-il.
— Je l'ai « trouvée » à Miami, elle traînait… Tu me devais un max de blé !
— Tu vois, je m'en fous finalement ! Ça ne fait rien !

Il rumina un instant puis explosa :

— Tu es un voleur Lorenzo !

— Moi ? Je suis une victime !

— C'est fini tous les deux ! s'indigna Amber. Lorenzo, va piloter !

— Oui, madame. Bien madame ! fis-je, moqueur.

Elle resta debout dans mon dos, contre le fauteuil du pilote, m'observant.

— Ambre, tu vas faire quoi une fois à Nice ?

Elle posa une main sur mon épaule.

— Tu es à moi ! me murmura-t-elle à l'oreille.

Je crois que de toute cette aventure, je n'eus pas autant peur que d'entendre cette affirmation si simple murmurée par cette déesse au doux visage de madone.

Finalement, nous prîmes un taxi pour regagner la résidence monégasque de Youri. Je devais récupérer ma voiture et de toute façon j'étais épuisé, il me fallait dormir un peu avant de rentrer. Youri consenti à me laisser une chambre d'amis et même à me dédommager honorablement, « en signe de notre nouvelle amitié retrouvée ».

Je me laissai tomber sur le lit, tout habillé. Amber alla s'installer sur un fauteuil et m'observa, silencieuse, le visage impassible avec son regard bleu acier si perturbant, ses longues jambes croisées.

Surpris de ce silence et de cette immobilité inhabituelle chez elle, ne sachant pas ce que cela signifiait, je me redressai sur mes coudes. Et soudain, avec un naturel confondant, elle le refit ! Lentement, elle décroisa les jambes et changea de côté. Elle n'avait toujours pas de culotte ! Devant ma surprise extrême, mon expression totalement choquée, elle éclata de rire et vint se jeter sur moi, me bousculant, m'écrasant, envahissant mon espace, prenant toute la place dans ma vie.

— Je vais te baiser ! Salope ! dis-je, rugissant.

— Lorenzo !

— Je t'aime trop, toi !

— Alors ça va…

Je ne savais pas si elle serait heureuse avec un type comme moi. Je ne savais pas si je la supporterai. Je ne savais pas si j'aurais la patience. Je ne savais plus rien. Elle était là et c'était bien.

— Lorenzo, il faut qu'on parle du fric… me dit-elle, tout en balançant son bassin d'avant en arrière avec une souplesse diabolique, provoquant un plaisir extrême.

— Il est à moi ! C'est mon fric ! Je l'ai gagné !

— Mais tu sais que tu as un problème avec l'argent, toi ! Radin, va !

— Je n'ai aucun problème avec l'argent ! Je n'en ai pas ! Je suis pauvre !

— Lorenzo ! Je ne couche plus avec toi ! Laisse-moi ! Enlève tes mains !

— Tu ne peux pas me faire ça ! Je vais crever là !

Voilà toute la duplicité des femmes révélée.

Elle voulait me voler mon fric en échange du réconfort dont j'ai tant besoin !
Non, je n'ai aucun problème avec l'argent. Je suis un pauvre et je le resterai toujours, craignant constamment de manquer. Mais comment résister au charme de la belle Amber ? Comment ?

Nous nous regardâmes intensément, elle semblait vouloir lire mon âme, déchiffrer mes sentiments les plus intimes. Elle poursuivit sa danse lascive sur moi, jusqu'à l'extase qu'elle me procurait infailliblement. Nous restâmes enlacés longtemps ne nous lassant pas l'un de l'autre. Si je le pouvais, je la garderai toujours dans mes bras.

C'était mon ange, c'était Amber. Cette fille était... La vache ! La vache ! ***OMG !***

FIN

POSTFACE

Vous avez aimé ces histoires ?

Passez le mot. Passez le texte et laissez un commentaire gentil.

L'écrivain se nourrit de ses lecteurs.

Vous aimerez (je l'espère) mes autres romans ou mes recueils de nouvelles :

1. Le murmure du violon
2. Élixir
3. Mégane
4. Laisse venir
5. Pas moi !
6. Thérapie de groupe
7. Le voyage au bout de la vie
8. Distanciation sociale
9. La rêveuse
10. La vie, la mort et le reste
11. Aphantasia
12. Boulot de rêve
13. Perversion

14. Cassiopée
15. OMG !

1. Insouciance (recueil de nouvelles de l'année 2019)
2. Les nouvelles étranges
3. Éphémère (nouvelles – 2020)
4. Les histoires immorales (nouvelles – 2021)
5. Douces impertinences (nouvelles - 2020)

Vous voulez participer, échanger, suggérer, critiquer (gentiment), ou simplement parler :
Sur Facebook : docno01
Par mail : docno@gmx.com

Sur Chess.com : trixno

Ou sur le site d'écriture l'Atelier des auteurs, sur lequel je publie régulièrement des projets, des ébauches, des débuts de romans.

REMERCIEMENTS

à Anne Cécile pour son soutien et ses encouragements.

À PROPOS DE L'AUTEUR

Docno

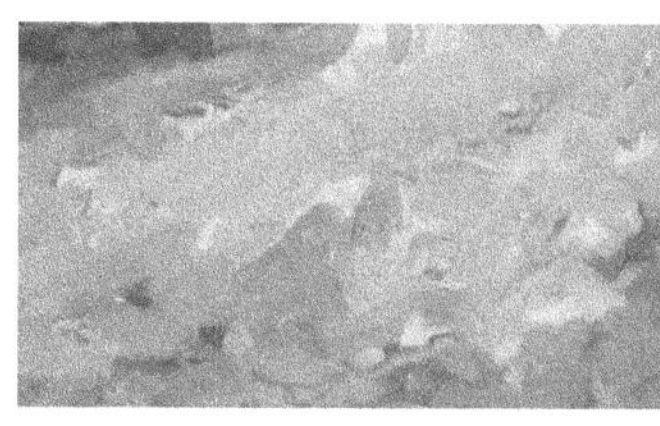

À propos de l'auteur Docno Docno est un mystère, une énigme. Il ne se cache pas, non il préfère rester dans l'ombre et le confort d'une double identité.

Docno aime : le golf, les échecs, les femmes, parler de lui à la troisième personne, la vitesse...

Retrouvez moi sur :
Sur Facebook : docno01
Par mail : docno@gmx.com

Ou sur le site d'écriture l'Atelier des Auteurs.
Sur Chess.com : trixno

LIVRES DE CET AUTEUR

Le Murmure Du Violon

L'histoire dramatique d'une jeune violoniste virtuose qui tombe amoureuse d'un séducteur libertin. Elle se bat pour son amour et ne renonce pas à croire au bonheur. Il prend conscience de ses sentiments et évolue au fil de l'histoire malgré ses certitudes et son mode de vie. Une histoire pleine de mystère et de fantastique. avec un violon au pouvoir incroyable. Ce roman est le premier volet d'une trilogie, suivi d'Élixir puis de Mégane. Écrit dans un style volontairement fluide et facile à lire, privilégiant la langue parlée. Ce roman se dévore ! Un extrait : ... Donc, une jeune femme est là qui me regarde. Des yeux d'un bleu profond. J'ai, un jour, vu un nourrisson de quelques mois se réveiller et ouvrir de tels yeux sur moi. J'en avais été soufflé. Cette couleur intense ou un univers aurait pu se refléter sans peine. Et j'ai pensé alors : cette petite fille fera souffrir bien des hommes avec ce regard. Donc une jeune femme, avec un visage parfait, subtilement maquillée (on remarque à peine le maquillage). Mais avec les canons de la beauté actuelle, aucune jeune femme n'oserait sortir de chez elle sans un minimum de maquillage. Elle le vaut bien ! Cheveux longs lissés et presque noirs, brillants. Elle porte un chemisier pudiquement échancré qui laisse deviner une petite poitrine. Jupe au genou et jolies chaussures. Pas pu m'empêcher de regarder ses jambes. Elle est magnifique. Manifestement elle m'observe depuis un moment sans rien dire. À la fois intriguée, amusée et probablement un peu inquiète par ce fou qui débarque dans sa boutique. ... Lisez la suite !

Thérapie De Groupe

Une aventure dans le monde de l'hypersexualité. Une thérapie de groupe qui tourne mal. Un héros irresponsable incapable de résister à ses pulsions. Une histoire pleine de sexe, d'humour et de dérision.

Aphantasia

L'aphantasie est un handicap qui consiste en l'incapacité à avoir des images mentales.
Une jeune femme se découvre ce handicap par le hasard d'une rencontre perturbante.
Sa vie bien rangée en est profondément bouleversée. Son monde bascule.
Confrontée à des personnages hors-norme et des

aventures extravagantes, elle se débat dans une vie
de plus en plus chaotique.